菊島之約

李家沂——著

第一章

多數人可能無法清楚劃分出自己的童年和餘生之間的分野，指出童年是在哪一個明確的時刻落幕，不過對我而言則十分明瞭。二〇〇五年五月十七日，在我十三歲那年的這一天，我母親蕭亞岑死了，我的童年戛然而止，也正是從那時起，我被迫搬離——母親則是被抬離——澎湖紅羅灣底那棟難再稱之為「家」的房子，不久便獨自跨海來臺，爾後整整十五年間不曾再踏上那座菊島。

母親死的時候我並不在場，確切來說，我至今仍無法確知她是在我回家以前就已斷氣，抑或她在我返家之時以及之後的一段時間內尚有一絲氣息，總之當我發現時已經太遲了。前一天，也就是二〇〇五年五月十六日的晚上，我從補習班下了課回到家中時已是九點鐘，客廳沒有亮燈，我原以為母親抱著我五個月大的妹妹尹菲出門了，但進門後我便聽見樓上傳來尹菲微弱的抽咽聲。整棟屋子只有二樓主臥房的浴室亮著燈，燈光從浴室門下方的百葉通風口瀉出，在漆黑的地板上打出條紋狀的光印子。尹菲出生的前幾個月，母親便不再挺著孕肚至馬公那間樂器行教琴，那陣子她長時間待在家裡養成了泡澡的習慣，經常在浴室內一待就是一、兩個鐘頭，久久才會聽見她在浴缸裡慵懶翻身所發出的一陣濺水聲，像是一頭潛水多時終浮出海面換氣的鯨魚。那晚我從主臥房床上抱起尹菲，走近浴室門邊問母親上一次餵尹菲喝奶是多久以前。門後的她沒有回應，我雖覺得有些奇怪，但並不以為意，直接抱著尹菲下樓，挖空所剩無幾的奶粉罐，泡了最後一瓶牛奶給她喝。我在一樓廁所沖了澡，接著在客廳看了一會兒電視，然後就抱著熟睡的尹菲上樓到我房裡睡覺。是的，睡前我沒有再進到主臥房查看母親是否已從浴室出來——後來警方作筆錄時不只一次要求我說明這個在他們看來不甚合理的環節——我未同她道晚安或是討論翌晨要吃什麼當早餐，而是直接回我自己的房間倒頭就睡，渾然不覺無可挽回（或者當時可能仍有挽回餘地）的事情已經發生了。

隔日早上我睡醒一看床頭的小鬧鐘，上面顯示八點半，嚇得立刻從床上彈起，衝下樓時大聲怪怨母親沒有叫我起床。她沒有應聲，一樓也沒見著她的身影，當我換上學校制服後終於察覺有異。我爬上樓到主臥房查看，她不在床上，浴室門和昨晚一樣緊閉，裡頭的燈也仍亮著。她是一早就進浴室泡澡，還是從昨晚就沒出來過？我敲門並叫喚她，依然沒有回應。我忽然想到一種可能性：她可能不在裡頭，從昨晚就不在家。門沒鎖，我撇臉將門推開一小道縫再出聲喚她，接著視線由門檻沿著門縫往上瞄進浴室內。最先映入眼簾的是白色磁磚地板上那灘紫紅色液體，以及一只杯緣碎了個口的玻璃杯。我將門推得更開些，從洗手臺上方的鏡子見到完全掩上的浴簾下擺露出一隻攤在地上、掌心朝上的手掌。見到此番狼藉的景象，我第一直覺是她昨晚喝醉了，酣睡中碰倒擺在浴缸邊緣的酒杯。我踮起腳尖越過地上的玻璃碎片，蹲在浴簾旁抓起她垂在浴缸外的手輕輕搖晃。那隻手是涼的，異常的冰涼，而且僵硬。我驚覺不對勁，此時我已顧不得心裡的忸怩之情，更大聲地叫喚她，同時焦灼不安地拉開浴簾。漂浮著肥皂泡的浴缸裡，依序出現母親露出水面的膝蓋、掛在浴缸邊的左臂、浮散於水面的頭髮，最後是她頹靠在右肩上的蒼白臉龐。她雙眼緊閉，微張、歪斜的嘴唇乾裂發紫，一眼就可看出那不是一張能夠被喚醒的臉。

我反射性地站起身，同時感到一陣暈眩，雙眼猶如沸騰般淫熱、灼痛。我愣了片刻後，彎身托住母親的下巴將她的臉龐轉向我，然後以手指貼上她冰涼的人中觸探呼吸。在那屏息以待的數秒鐘（感覺有數分鐘那麼久）遲遲沒有等到一縷鼻息。我感到喉嚨深處有什麼東西劇烈搏動著，我想到要呼救，腦中浮現的第一個人便是我的父親黃霖，但他已好幾日沒回家了；我心想他若是知道母親出事，定會立刻趕回家來。此時家中電話響了，使我意識到眼下應該趕緊打電話叫救護車。邁出浴室時我踩到了地上的玻璃碎片，跑下樓時我感到內心一陣揪痛，有點像是憤怒的感覺。尹菲被電話鈴聲吵醒，我可以從她不安的哼哼呻吟聽出她就要哭出聲來。

我接起電話，盼望來電者是我的父親。

「翊軒嗎？你今天怎麼沒來學校？」電話那頭是我在湖西國中二年級的班導師郭建和——我至今仍記著他的名字——我抬頭看了眼客廳的時鐘，發現自己已錯過了第一堂課，同時詫異自己在此當口竟還在意曠課一事。

「老師，我媽她……」我被自己的口水嗆到，邊咳邊嚥下灼熱的口水，感覺再往下說，哽在我喉頭的那股難受感便會湧上嘴巴。

「你媽媽怎麼了？」

「她沒有呼吸，我起床看到她，在浴室裡面，沒有呼吸。」我語無倫次地說：「她好像死了。」

一說出這句死亡宣告，我和郭老師都啞然無言，連我自己也懷疑起此話的真實性，很想即刻上樓到浴室再做確認。

「你先冷靜，爸爸在家嗎？」

「他不在。」我將腦中閃現的想法脫口說出：「我媽可能昨天就死了。」

後悔是何其不理性的行為，儘管深知不論在後悔的迴圈裡打轉多少回，過去都不會有絲毫更動，但你仍舊會一次又一次、欲罷不能地悔不當初。那晚，我為何對母親的沉默置若罔聞？倘若我當時就推開浴室門，她是否還有獲救的可能？在母親死後的頭幾年，我時常懷著罪咎感審問自己這些問題，時至今日，我仍會在心裡假設當晚我回家之時母親尚存一息，甚至設想那天自己若能早些回家，可能有機會阻止我父親的犯行——後來我才知道當時已離家出走好些天的父親在那日稍早曾回到家中，而母親便是死在他手中——在這些假設成立的基礎上，我會模糊地為家中每一個人想像另一種截然不同的人生軌跡：母親活了下來，她的人生不會僅止於三十七歲，父親不用去坐牢，而我和尹菲自然就不會被送到育幼院、隨後相繼離開澎湖，至於我們一家人是否仍舊是一家人並不重要，只願母親餘生未了。

第二章

近來，我開始重讀理查·福特的小說《加拿大》。前些年，我在台北國際書展上結識了幾個出版業編輯同行——他們注意到我從架上取書都先翻到版權頁查看，這才過來與我攀談——他們聽聞我對歐美翻譯文學感興趣後，邀我隨他們到幾個外國書商的攤子逛逛，我便是在那時發掘福特這本原文小說。此前我並不熟悉這位美國作家，但當我一展讀《加拿大》的開場白便深感共鳴，感覺彷彿讀到了自己的聲音。故事講述一對雙胞胎姊弟因父母犯下一起銀行搶案而走上歧途，敘事者和雙胞胎姊姊於美國分離後被迫越境前往加拿大獨立謀生。書中情節之所以吸引我，或許是因我和尹菲當年的境遇與此有幾分相似，二人的命運也因父母無端的荒謬行為而驟然巨變——尹菲剛滿一歲就被出養至西半球的美國，而我不久也離澎來臺，兩人相隔上百經度的大洋，和我們一家往日在澎湖的平凡生活同樣遙不可及。

在臺灣生活了十五年，我已不自認是個異鄉人，不過臺灣本島於我而言確曾是一片相當陌生的異土。以前我們一家多只在年節期間會越洋到母親位在高雄的娘家，外祖父、外祖母都離世後則是每隔兩年才回去一次。還有幾回是隨黃霖來臺灣中南部幾個縣市找傢俱行談木工生意，都是些很短的旅程。離澎來臺之初，在臺中讀高中的頭一年，我內心深處總有股抹不去、除不掉的被放逐感，記得那時我老對班上同學脫口「你們臺灣人……」這般區分異己的言辭，而他們對此則會當即指正道：「澎湖只是外島，不是外國，你也是臺灣人。」後來，當我需要向人談及自己的家鄉時，多數時候我都自稱是臺北人，以免得向人解釋自己當初離鄉與久未返鄉的緣由；在我看來這也不算撒謊，畢竟我在臺北生活的時間幾乎要和我在澎湖度過的童年一樣長了。

家鄉並非唯一一處我長年來對自身來歷進行改編的地方。我鮮少和人談起自己的家庭，多數人過問這類事情時未必真想瞭解那麼多，也未料會聽到這般聳人聽聞的隱私（似乎也沒有什麼措辭方式可淡化此事的沉重性）：我母親死於我父親之手，而我在後者甫入獄之時去探了一次監後便再也沒見過他。不過，在某些時候仍免不了要向人自述家庭背景，如求職時提交的自傳、履歷表上的親屬資料和緊急聯絡人欄位，又如第一次與女友父母見面的場合，類此情況為免說出實情料將面臨的一連串我可能無一答得出來的問題，有時我會選擇性地挪用簡爸、簡媽的身分背景——他們是我上高中那三年的寄養爸媽——稱自己老家在臺中，父母健在，家中經營一間鐘錶行；這謊言曾獲簡爸認可，事實上這是他在我即將上臺北讀大學時給我的處世忠告，他說若有什麼事你很不想跟人說又不得不說時，最簡單的辦法就是說謊。

不過有一點不假，若要說我在世上還有個像家的地方可去，那便是簡爸家。高中畢業搬至臺北後，我仍不時會回臺中探望簡爸和簡媽，歷年除夕夜他們也都會要我回去同他們圍爐。

十五年前，中學畢業後那個暑假尾聲，我帶著臺中一中的入學通知單和一只僅裝了些簡便衣物的行李包，由澎湖縣府的一位社工陪同乘船來臺。那天海象不佳，勉強開航的船隻在風浪中搖搖晃晃地慢速開了很久，我嚴重暈船，不僅在船上吐，下了船更是在嘉義布袋港邊吐了一番。我在港口停車場第一次見到了簡媽，當時看上去她的年齡要比母親大上幾歲，她以為我從外島來應該帶了不少東西，來接我之前還特地清空了汽車後車箱，見我僅提了個行李包顯得有些詫異。簡媽開車載我們上臺中，那時她考領汽車駕照還不滿一年，一路上那位帶我來臺的社工都牢牢抓著車門把手。抵達臺中後，我們先到臺中市政府和當地戶政事務所辦了些手續，隨後就由簡媽先行帶我回家。當時高中開學日在即，我卻連學校制服長什麼樣子都不曉得，而簡媽當天就帶我去學校附近買了制服和書包，還陪我進校園實地勘察一番。

那日隨簡媽回家的路上，她和我說了段趣話：「你就把我當成房東太太，但是不會跟你收租金啦。」後來，當我打算從臺北下臺中留宿幾天時，常會在電話中戲稱她為「房東太太」，問她能否收留我幾晚。

簡爸家位於臺中市西區，鄰近審計新村——那兒當時仍是片荒廢多年的省府宿舍區，現已改造成文創園區。簡爸在自家一樓開了間鐘錶行，專營日系品牌鐘錶的零售與維修。現在回想起來，高中住在簡爸家那三年，感覺上比我人生中其他任一等長的時期都還漫長，這或許是因為簡爸店面牆上掛滿了未校時的時鐘，它們總是在鐘框裡各行其是地亂轉著，待在那兒時常會給我一種時間停滯的感受。第一天去到簡爸家，一進門簡媽就要我先將那件我在船上吐髒而換下的褲子拿給她洗，我十分難為情地從包裡取出一包塑膠袋，感覺那件沾有嘔吐物的褲子就像自己那不堪的過去，然而她一把就接了過去，臉上沒有露出半點難色。當時簡爸正在店內接待客人，無暇招呼我這個新「房客」，他給我的第一印象是不大容易親近，事後亦證實這印象十分貼切，不過相處久了，我才逐漸發現他的性情本即如此，即便在他最和悅親善的時候仍然不失他素來的冷峻氣質。剛住下那會兒我挺害怕與簡爸獨處，甚至擔憂自己長住於此會不受待見，直到一晚簡爸關店上樓後，躡手躡腳地來敲我房門，送了我一只二手的卡西歐運動錶，並和我聊起他父輩的創業故事，自此我才真正寬下心來以此為家。

此前，我並不曉得一般寄養家庭多為怎樣的組成背景（多數寄養爸媽有自己的親生小孩，抑或多數沒有），當時我是簡爸家唯一的孩子，而他們也未提及自己的兒女，使我自然而然以為他們未有子嗣。我顯然不是他們收留的第一個孩子，家中擺有一些過去寄養在簡爸家的孩童照片，這些時已成年的大哥、大姐偶爾會從各地回來找簡爸與簡媽敘舊，每回總會帶我這外島來的孩子出門熟悉臺中各個城區角落。住在簡爸家的第二年，當時剛上小學的昱宏住了進來，是個在語言表達方面較遲緩的小弟；我搬到臺北的頭一年曾聽簡媽提過他們有意收養昱宏，但後來似乎因昱宏的母親決定將他接回一同生活而不了了之。

我發現人生中許多與他人看似偶然的相遇，其實源於我們有著相仿的境遇：我們都曾橫遭不幸變故，由原來平順的人生軌道脫軌，這才使得我們陰錯陽差地在同一異途上相逢、擦身。

直到高二那年，我才曉得簡爸與簡媽曾有過一個兒子，以及他們最初申請成為寄養家庭的緣由。高二寒假某個週末，簡媽一早就帶昱宏出門逛街，說是要讓他提早挑生日禮物；事實上昱宏並非當月生日，亦非來月生日，即便是提早為他慶生也為時過早，我心想簡媽此舉大概是想讓初來乍到的昱宏開心些，以好適應新生活。那天我則是同簡爸出門，他開著以前那輛老福特汽車載我上高速公路，一路往北開。我沒有過問此行的目的地，簡爸有時週末沒開店就會獨自開車出門，誰也不曉得他去了哪兒，此次我受邀加入他神祕的兜風之旅，正好能一探他的行跡。在車上，簡爸突然嚴肅地問起我的人生規劃，最後將這話題引向一處：將來我會不會前往美國找尋我的妹妹。我已忘了當下我如何回答，想來大概是含糊其辭、未說出我的真實想法，畢竟這並非我和簡爸平時會聊的話題；我對簡媽講過尹菲的事，簡爸可能是聽她提過。經過一個多小時的車程，簡爸在新竹下了交流道，於關西駛入六福村樂園的停車場。我頭一個想法是既然要來遊樂園玩，怎不讓簡媽和昱宏同行？待進入樂園後，我才曉得此地不可能給他們夫妻倆帶去任何與歡樂扯上邊的感受。

我跟在簡爸後頭徑直往樂園的遊客服務中心走去，一進到裡頭他便走到角落一面牆前駐足，那牆上貼著幾張失蹤孩童的尋人海報。簡爸指著海報上一張名為簡維鈞、年約四歲的男童老照片，那是一張我不曾在簡爸家所擺的眾多相框中見過的臉孔；簡爸說那是他與簡媽的兒子。海報上的男童彼時早已不是男童，依上頭標註的失蹤日期——正是我們來到樂園的這一天，簡爸說這天也是他兒子的生日——併同失蹤年齡推算下來，這男孩只小我兩歲，時已失蹤滿十年。簡爸拿筆在那張前一年印製的尋人海報上，將孩子的「現年」添上一歲。我立時能明白簡爸和簡媽為何老是叮囑昱宏要熟背家中的電話號碼，以及簡爸何以在車上突然問起我妹妹的事情。

我們買了票進園區繞了一圈，簡爸沿途對我說起孩子失蹤那日的經過。一九九七年，簡爸和簡媽在孩子四歲生日這天，帶他來這個當時開幕沒幾年的樂園遊玩，他們一家人在「美國大西部」主題村的攤販前排隊，此時簡媽單獨去了趟洗手間，留下簡爸和小孩在隊伍裡。簡爸手裡牽著孩子和同行友人閒聊，小孩一再喊著要去找媽媽，簡爸當時聊得正起勁，轉頭瞥了一眼，以為在人群中看到了從洗手間回來的簡媽，便鬆開了孩子的手，直到簡媽獨自一人回來找他們時，他才驚覺孩子丟了。他們立刻奔赴遊客服務中心求助，隨後也報了警，大批人員開始在園區內協尋；簡爸說那一天非常非常漫長，而他當時極度希望那一天永遠不要結束。當天有另一對父母的小孩也走丟，最終他們找回了孩子，而簡爸和簡媽的兒子則是到了樂園關門、人潮散去以後仍未找著。當搜尋行動喊停，警方要他們先回家等候消息時，絕望的簡媽蹲在樂園門口崩潰痛哭，怎麼也不肯離開。

孩子失蹤後的頭三年，簡爸和簡媽為就近尋子，從臺中搬到了新竹。他們透過各種管道找孩子，拿著小孩的照片和尋人傳單跑遍全臺的警局和育幼院；「當初真該幫兒子多拍些清晰的照片，找人時可能就會容易些。」簡爸懊悔地說道。只要聽聞疑似自己孩子的失蹤兒尋獲個案，不管多遠他們都會抱著希望趕去察看。然而，希望一次次落空，更曾遇不肖人士以假消息詐財，這般煎熬的日子過了三年後，身心俱疲的簡媽再也捱不下去，那時她給了簡爸兩條路選：離婚，或者回到臺中重新過兩人的日子。「她說要走出來，就是不要再找了，忘了。」簡爸說：「每天看著我自責的樣子，她說她不可能忘，忘不了她就走不出來。」在小孩生死未明的情況下放棄尋人，給他一種遺棄孩子的感覺，他起初十分訝異簡媽竟有此想法，但也明白這種日子再過下去自己就會失去她，於是他們在孩子失蹤的第四年從新竹搬回了臺中。他們沒有再生第二胎，而是開始收留失家的小孩；他們在尋子過程中去訪各地的育幼院，發現那些不是他們孩子的孩童為數不少，也亟需獲得幫助。多年過去，生活看似回到正軌，然而簡爸有時仍會抱著渺茫的希望，背著簡媽獨自到育幼院、社福機構尋訪，儘管他已無十足把握能夠認出自己孩子長大後的模樣。

那天回家前，簡爸叮囑我別和簡媽提起我們去了遊樂園的事，不過進家門後我便從簡媽瞧我倆的神情中看出她曉得我們從哪兒回來；後來我私下和簡媽聊起此事，她其實對簡爸那些不見人影的週末心知肚明。家裡有個沒插蠟燭的蛋糕，昱宏拎著一輛新買的遙控玩具車衝過來向我展示，然後將我的禮物盒抱到我面前等著看我拆封。他們夫妻倆每年在這一天，都各自以某種隱晦的方式為他們不在場的兒子慶生。

◆

當年我和尹菲頓失雙親——一個被殺，另一個因殺人被關了起來——我們先是到鳥嶼上的佩晴姑姑家中暫住三個月，那年暑假過後我們便被安置於馬公一所名為「慈育」的育幼院，在那兒待了半年，尹菲就由一對美國籍夫婦收養、帶往美國生活。尹菲離臺時剛滿週歲，算上母親懷她那十個月，我們兄妹倆相伴左右的時間仍不及兩年。

剛得知尹菲將被出養時，我感到萬般不解，也曾強硬地表達抗議。我心急如焚地從慈育打電話到鳥嶼找姑姑，希望此事仍有轉圜餘地，不過她僅以無可奈何的語氣證實此事，並說獄中的黃霖——我那次去探監時，他並未對我提及出養尹菲的想法——「不反對育幼院這樣安排」。隨後，慈育的社工和生輔員為此和我深談了幾回，詳盡地向我說明尹菲的出養事宜、收養家庭概況以及此事對尹菲成長過程的正面影響，似乎非常希望徵得我的認同，但事實上此事已經拍板定案，而我自始至終都無任何決定權。

就我所知，尹菲的養父母泰勒夫婦來過慈育兩回，第一次我沒有碰著，而是事後聽院內女生家的幾個女孩說她們撞見一對夫婦來看尹菲，還特別強調男方是個白皮膚的外國人。直到尹菲被接走那一天，我才見到她的養父母本人。泰勒先生是個身形高大的美國白人，他的妻子張女士則是臺裔美籍人士，兩人均為天主教徒，居住於美國加州，只有張女士會說中文；依相貌來看，張女士年紀應該和母親差不多，至於長著白人臉孔的泰勒先生則難以推斷其年齡，但肯定比黃霖大上幾歲。他們只帶走了極少部分尹菲的童裝、童鞋，說是到美國再替她買新的就好。他們帶尹菲離澎那日傍晚，我們在慈育等計程車，尹菲由張女士抱著，泰勒先生則在旁不時彎身察看尹菲，我看得出他們夫婦倆已盡力不在我面前流露過多歡悅之情，但他們臉上的喜色卻一點也藏不住。計程車駛進慈育的停車場，張女士要將尹菲抱上車，尹菲的臉頓時皺了起來，顯得有些慌張，彷彿知道自己此去無返，大大的眼珠子在送別的人群中搜尋著我，眼看就要大哭起來。我上前抓住她的手，然後要她學我揮手，她原本要哭不哭的臉這才柔和下來，平靜地模仿我晃動她的小手掌。當下我寬慰地想道，她還不會說再見，但已經學會揮別了。這時候她還認得我，但即使我的模樣能在她那小小的腦袋瓜裡留下一點殘影，我們再見面的機會也極其渺茫。張女士抱著尹菲坐上車後座，泰勒先生拍了拍我的肩，說了幾句我當時聽不懂而現在也記不起來的英語，旋即也上了車。那輛開往機場、將尹菲送往異國新生的計程車啟動後，車後座的車頂燈亮起，尹菲透過後車窗朝後望著我，至車子駛出慈育大門、消失在拐彎處以前，她都沒有哭。

尹菲在美國是否安好？若泰勒夫婦後有生子，尹菲在那家庭裡是否依然受疼愛？十多年來，這類問題不時會浮上心頭，我會想像尹菲依序在幼兒園、國小、國中、高中等成長階段可能各過著怎樣的生活，不過腦中那些想像都相當空泛，畢竟美國那兒的生活想必和臺灣很不一樣。簡爸曾對我說過，他也會想像兒子失蹤以後的人生走向。他過去參與過無數失蹤人口相關的研討會、互助會，調查數據顯示，大部分被拐走的孩童都被賣掉，不然就是由國內外不知情的家庭收養，其中有個案例特別令他難以忘懷：有人將自己的嬰孩虐打致死後，偷偷將嬰屍埋起來，而後擔心將來到了小孩該就學的年紀沒法去上學而東窗事發，便未雨綢繆，到外頭擄走別人的小孩頂替自己那埋在土裡的孩子。簡爸花了很長時間才將這個案例從腦中驅散，不去想像他的兒子可能是被這類歹人擄走；他反覆催眠自己，逼自己想像孩子是在一個健全的家庭中被當成親生小孩般善待，如此他才有辦法苟且過活。我聽出當時簡爸和我說這番話，意在教我樂觀地設想我妹妹在美國的生活。尹菲在美國過得很好，即便我沒有去尋她，她也過得安然無恙……我只得這麼想，同時壓抑內心另一個聲音：死去的母親應該會希望我找到尹菲，兄妹倆相伴相隨。

第三章

苡融是我身邊少數幾個知道我澎湖那段家庭往事的友人之一，不過她極少在我身邊，結識這三年來她都在南非生活，彼此相見的次數屈指可數。

我們相識那天，兩人碰巧都在臺北植物園旁的教育廣播電臺錄廣播節目。那日出版社總編臨時有事，由我代她去電臺參與節目錄製，宣傳一本由我負責編輯、關於中世紀航海史的當月新書。當時我是去預錄隔週才播出的節目，進電臺錄音室時，苡融正在緊鄰的另一間錄音室上現場節目。主持人先給了我一張訪綱，便先離開去忙些事情。頭一回進到錄音室，在那除了寂靜以外聽不見任何聲音的空間裡，給人一種身處真空環境的感覺，我好奇地打量著主播檯上的混音器，接著便透過開向隔壁錄音室的隔音窗觀察苡融與一位男主持人的無聲對話。他倆隔著主播檯對坐，我可以看見他們對談時各自的嘴唇在麥克風上方蠕動著，但從我這頭絲毫聽不見他們的談話聲，有如觀看一齣默劇。苡融當天沒有上妝，衣著簡便，僅穿了件連帽衫搭牛仔褲，完全看不出她大我三歲、當時已年屆三十了。她有注意到我在看她，那頭節目進廣告的空檔，她站起身來伸展肢體，朝著隔音窗對我露了一抹禮貌性的微笑——當下我是這般解讀——後來她告訴我這也是她第一次上電臺節目，她朝我笑的用意是要讓我知道她有發現我在看她，好讓我不再繼續看她，「應付看不見的聽眾已經很緊張了，我不需要現場還有觀眾。」。

我的節目主持人回到錄音室來，她見我有些緊張，便提議讓我聽聽別人的訪談，在她按了混音器上某個鍵後，我們所在的錄音室即可聽見隔壁苡融正在錄的現場節目。那感覺很奇特，我們可以透過隔音窗看到他們在對談，所聽到的聲音卻不是直接從他們口中傳來，而是正在對聽眾播送的音訊，且那聲音與現場似乎有微秒之間的落差。或許因為我是先看到苡融的人並不自覺地在腦中為她配上了想像的聲音，當我實際聽到她的聲色時，感覺與她的相貌不甚相稱。苡融與那名主持人談笑風生，一點也不像頭一回上廣播節目，當時她正談及旅居南非的見聞：「一般人聽到南非，都以為那裡跟非洲其他國家一樣熱，其實南非海拔高，大部分時間都很涼爽，我特別喜歡十月的時候，普利托利亞整個城市開滿了紫薇花，很像紫色的櫻花。」。接著主持人引導她談起獨自居住國外有何不便之處，「其實很孤獨，認識的人不多，那邊治安不是很好，常常下了班就是回家。在國外最怕生病，看醫生特別貴，不敢隨便去，我每次身體不舒服就會灌伏特加——在當地買酒很便宜，我買了一堆酒放家裡——想說喝烈酒可以殺菌，試過一次發現真的有效，好幾次生病都是這樣好的，能治病又可以練酒量。」我沒頭沒尾地聽了數分鐘，當時我猜想她可能是個旅遊部落客，而他們所錄的是旅遊性質節目。

我斷斷續續地錄完說書節目後，苡融的現場節目早已結束，不過她仍留在錄音室裡和主持人閒聊。我們幾乎同時步出電臺，起先她在前、我在後，兩人一道走在臺北植物園幽暗的林蔭小徑，她在某一刻逐漸放緩腳步，待我倆擦肩之際，她出聲問我方才在電臺錄的是什麼類型的節目。

「我來介紹出版社的新書。」我從包裡拿出那本書遞給她看。

「《小舵手的大航海記》，」她接過書，就著小徑旁的園燈光線仔細瞧了瞧書名，「在空中聊書，跟聽有聲書一樣，感覺很適合在深夜播。有沒有聊到書裡哪個部分最精采？」

「這個嘛，這書在講大航海時代，那時候沒什麼海圖，有也可能是錯的，我自己是喜歡看古代船上那些人怎麼在海上求生。那時候船上很容易死人，有餓死有病死的，奴隸或船員會叛變，還常常碰到海盜跟船難，然後漂流到荒島……妳會不會覺得無聊？」

「不會啊，我都想買一本來讀了。我在南非真的有碰過海盜——其實不是我自己碰到啦，也不是在南非，是處理過索馬利亞海盜挾持臺灣漁船的案子。」

「真的假的，什麼樣的工作需要處理這種事？談判公司？我剛剛在錄音室有聽了一小段妳的節目，感覺南非值得一去。」

「我在外交部工作，」她停頓了一會兒，然後神秘兮兮地說：「派駐南非，這次回臺灣只待幾天而已。我其實不知道我可不可以私下上廣播節目，主持人是我朋友，他找我來聊聊南非，我有交代他一定不要提到我的工作。」

「聽妳節目上講的內容，還以為是旅遊類型的網紅，原來是外交官。」

「不不，我不敢自稱外交官……我只是個小祕書。」她說，然後向我解釋「Secretary（祕書）」一詞是國際上外交人員的通用職稱。

我和苡融提到我有個大學同學前陣子考上外交特考、正在外交學院受訓，細聊之後發現我們都是政大校友——我念的是外語系，而她是外交系。

我們走出了植物園，苡融說她次日晚上就要搭機飛回駐地——回到那個遠在南半球、據說會在臺灣秋冬之際開滿紫色花朵的國家——並表示自己正要去萬華龍山寺一帶的酒吧找她的酒保朋友，我當她此話是邀約，便與她同去。那天在酒吧裡，她向我展示了她在外交學院學到的倒酒禮儀和選酒學問，我們聊了許多，尤其喝下幾杯調酒後，除了她碰到的那樁海盜挾持事件外，苡融還和我講了一些在廣播節目上不能說的外交秘辛：臺灣護照在黑市的驚人售價、外交人員派駐各國的薪資加給、臺灣的外交困境、檯面下的外交手腕以及外交界的醜聞等等。也許是她即將離臺之故，抑或單純是酒精的作用，我們沉浸在一種應盡興把酒言歡的氛圍中，一直喝到凌晨，對彼此講了不少通常不會在結識第一天聊到的事情，諸如錯失的校園戀情、犯過的荒唐事兒以及「如果能重來」情境下的另種人生選擇。

那晚我們沒有發生關係，在此特別提及這點是因為她後來向我坦言，當天在酒吧外頭道別時，她其實盼我跟著跳上那輛開往她所住旅館的計程車。

初次見面後，苡融便回到南非，大概是因為她一個人在國外很孤單，又或許我們兩人都同樣孤單，即使分隔兩地、有著時差，我們仍持續但不頻繁地保持聯絡。我們再次碰面是相識半年以後（這期間她都沒有返臺），當時正值南半球的春季，她邀我到南非賞花遊玩，我便從臺灣的秋末時節飛往那紫花處處盛開的國度。

經過十多個小時的飛行後，我在南非約堡機場下了機，苡融開著一輛掛著外交車牌的中古奧迪來接我。約堡馬路兩旁的紫薇樹果真盛開著紫色花朵，尤其進入南非首都之一的普利托利亞街區，花景更是如詩如畫，被風吹落的花瓣鋪在街道兩旁，宛如紫色的積雪。不過，當地治安的緊張氛圍卻與這般紛麗的花景形成強烈對比。街上行人以黑人居多，像南非作家柯慈那樣的白人占極少數，來此之前苡融已提點過，這兒自種族隔離制度廢除後治安一直不大好，在當地一些車輛、房屋、景點甚至路牌上都可瞧見彈孔。車子行經普利托利亞使館街上的臺灣駐南非代表處時，苡融告訴我臺灣駐處過去不只一次遭人持槍闖入行搶，「我聽說陳水扁當立委跟臺北市長的時候，兩次來南非訪問都被搶，後來他當總統的時候來，幾十個臺商去接機的路上也碰到冒牌警察搶劫。」抵達南非的第一天，苡融帶我到南非總統府所在的聯合大廈會晤曼德拉總統的巨型雕像、俯瞰底下整片城區後，我們便回到她位在駐處附近那棟堪稱「別墅」的租屋。

旅程第二日，我們入住南非西北省太陽城渡假村的迷城皇宮酒店，當天下午我們先前往太陽城北面的匹蘭斯堡動物保護區，乘敞篷越野車進入開放式的園區獵遊，近距離觀看各式草原動物在壯闊的荒野上漫步、狩獵、逃生，沿途還見到野牛和長頸鹿橫屍道旁，給人一種命懸一線的感覺；若是我們乘坐的車子半途拋錨可就糟了。此次獵遊使我有種魂歸故里之感，數萬年前原始智人便是由這片非洲大陸向外遷徙，逐步殖民全世界；我還記得當時在保護區內看著草原上從容漫步的野生象群，心想自己正看著某種「未來生物」的始祖，牠們可能會在數十萬年後進化成智慧更超人類的全新物種。

當晚我們到度假村裡的賭場玩了幾把，便回到那充滿非洲風情的酒店房間。房內鋪著飾有各種草原動物圖樣的地毯，草原色調的牆壁掛有非洲圖騰畫，窗簾、沙發和椅子也都採用動物皮紋，而窗子外頭即是散發原始曠野氣息與危險質地的非洲之夜。

分隔半年，我們於那浪漫與野性混融的異色國度相處了兩天後，在那一夜第一次做了愛。

事後，苡融進浴室洗了澡，然後穿著浴袍坐在斑馬紋椅皮的靠背椅上，用毛巾搓擰著長長的溼髮。我拿吹風機站在她身後替她吹髮，由那角度可以透過她半敞的浴袍襟口瞧見她右上胸外緣那道三、四公分長的疤痕。我伸手探入她浴袍的領口，撫觸她左胸相同位置上的浮凸疤痕，問起她這兩道疤的由來。

「原來你有注意到。」她說，手貼上我放在她胸際的那隻手，以指腹輕撫我的手背。

「剛剛在床上就有看到。怎麼來的？」

「你猜。」

「應該不是在這被搶劫留下的刀傷或槍傷吧？」我猜道：「手術留下來的？腫瘤？」

「是，另一邊也有，只是比較不明顯。」她在椅子上扭身半轉向我，拉開浴袍襟口，像展示刺青般讓我瞧她另一邊乳房上的手術疤痕，然後語重心長地說：「其實我現在的身體不是一個好的狀態。」

聽她這麼一說，我頓時打了個顫，有那麼一瞬間我擔心她身體「不好的狀態」可能會透過性行為傳染給我，儘管依疤痕位置來看極不可能。

「怎麼說？」我問道。

「這些疤是我二十六歲動手術留下來的。那時候我摸到左胸有明顯的凸塊，去醫院檢查發現兩邊都有腫瘤，醫生只幫我取出兩個比較大的，左胸和右胸分別五公分、三公分，但裡面還有十幾個小腫瘤，醫生說拿出來也沒用，我的體質就是容易長，女生也不會希望胸口留下那麼多疤，要我每半年追蹤檢查就好，看腫瘤有沒有變惡性。」

「妳上次回國就是為了去做檢查嗎？」

「對啊，我不太相信這邊的醫院，而且又貴。你不要用這種眼神看我啦，看病人的眼神。」

「我都看不出來，不知道妳要面對著這種事。」

「是挺殘酷的，知道自己隨時會得癌症。」她轉回身去，臉色一沉，對著梳妝鏡中的自己說：「唉，反正誰心裡沒藏著一、兩件糟心事。」

那天深夜，外頭遠處傳來某種野生動物的低微叫聲，酣睡的苡融在我懷中說了句語焉不詳的囈語，一縷從窗簾縫隙透進房內的夜光落在她半邊臉頰上，那祥和的睡容中不見一絲對死亡的恐懼。此前我從未像那夜般由衷祈盼一個人健康安好，能無所憂慮、時時刻刻只感到快樂。

苡融和我之間的關係若一度可被認作情人的話，那麼這段情在那次南非之旅過後也就結束了。我們平時分隔地球兩端，使得我倆都不甚看好維持戀情的前景，因而那次我從南非回國前，彼此就合意將兩人的關係定調為「朋友」，同時她也暗示日後她短暫回國時會很樂意有我的陪伴，當然前提是那麼做「不會對不起誰」。此後兩年多來，我們在臺灣又見了三回，除了有次兩人都喝得爛醉以外，我們的友誼還算維持得宜。

那次南非行，還發生了一段令我印象頗深的插曲。我們在太陽城待了兩天後，從約堡搭機飛往開普敦，搭纜車上了桌山，眺望開普敦市區及桌灣的弧形海岸線，還往南到開普半島至南端的好望角，俯瞰南大西洋與印度洋交匯處的蔚藍大海。開普敦旅程尾聲，苡融和她在開普敦辦事處的男同事約好要去探訪當地一位自稱是「半個台灣人」的南非人，此人數年來寫了許多封信到臺灣駐南非各館處，盼協尋他的臺籍生父。他在信中表示，據他南非裔母親所述，他的生父是個臺灣遠洋漁船船員，二十多年前在開普敦停泊時與他母親短暫結緣，在他隨船離開南非不久，他母親便發現自己有了身孕。這件求助案令苡融和她的同事十分頭疼，因為對方除了講述其父母這段異國戀故事外，只提供了一張他父親當年的相片和一個中文音譯的英文名，僅憑這些根本無從查起他父親的身分。苡融和同事前去面訪這位求助者當日，我隨同他們一起去到那人家中，當事人是個二十歲出頭的年輕小伙子，確實長著一張混有亞裔血統的面孔，當苡融用簡單的英語向他說明何以他們愛莫能助時，他的黑人母親全程幾乎不發一語，似乎不解她兒子為何這般執著於尋找生父。由那小伙子落寞的神情可以看出，他原以為苡融此次約訪可能是在尋父這件事上有了盼頭。

或許因為我和苡融提過我有個失散多年的妹妹，那次在南非她才會帶著我一同去見那個尋父的南非人。此前，我不是未曾想過要尋找尹菲的下落，但我總覺得與她接觸對她而言不見得是件好事，況且美國之大也不知該從何尋起，而在南非經此一事後，我開始試想尹菲或許曾在美國試著尋找在臺親屬，但求助無門或是苦尋不到。由此，我從南非返臺後，便請苡融託她在美國西岸的同事向當地僑界打聽是否有人在尋親，只不過此事始終沒有下文。

直到兩年後，一封來自美國的英文信才改變了一切。

◆

最初，我是接到澎湖縣府民政處一位廖姓男科員的電話，他提到有個居住在美國的臺、美雙籍女孩，日前致信我國駐舊金山辦事處（該處後將此案轉送澎湖縣府），聲稱自己在臺灣出生，幼年時被養父母帶往美國生活⋯⋯。

「這個女生，是不是叫黃尹菲？」我著急問道，沒等對方說完來龍去脈。

「是，她的中文姓名叫黃尹菲。」

「那是我妹妹。」我高興的同時又怕自己高興得太早，「是吧？你聯絡上我，表示你們肯定，那是我妹妹。」

「她有到舊金山辦事處出示一本臺灣舊護照，她說自己當年就是用這護照離境去美國。她近期打算來臺灣，希望能跟親人見面。我們透過她護照上的身分證字號去查她在臺灣的親屬，戶政資料上面顯示你們的母親已經去世，目前我們還沒辦法跟你們的父親聯絡上，請問你們現在有住在一起嗎？」

「你是說，我跟我爸爸嗎？沒有，我們很久沒聯絡。」

算起來，黃霖應早已刑滿出獄，這位廖先生的話──依其所言，黃霖在戶籍資料上未有死亡註記──使我恍然意識到十多年來與黃霖失去聯繫，其間他其實有可能因故去世，只是我不曾知曉。

「黃先生，你看這樣可不可以：你妹妹已經知道她在臺灣有個哥哥，她希望能和你聯絡，但基於個資法，我們還沒有把你的聯絡方式提供給她，現在我把她在美國的電話給你，如果你願意的話，可以直接跟她聯繫。」

我抄下了尹菲的手機號碼，並告訴那位廖科員我會主動聯絡尹菲。掛斷電話後，廖科員將尹菲寫給駐舊金山辦事處的電子郵件轉傳給我，那封英文信的起頭是「敬啟者（To whom it may concern）」，內文中譯大致如下：

我十六年前在臺灣出生，生父母都是臺灣人，我出生不久養父母就把我帶來美國。我手邊有一本過期的臺灣護照，上面有登身分證字號，我想詢問是否可以透過這串號碼，查詢臺灣親人的資料？除此之外，我還有一份出生證明影本，上面有我生父母的身分證字號和出生日期，但就我所知，我生母已不在人世。我近期打算回臺灣，如果可以，我希望能跟臺灣的親人碰面。另外也請告訴我入境臺灣的程序，我需要申請哪種簽證？或者我可否持已過期的臺灣護照入境？如果這些問題非屬貴處所管，請將此信轉致相關部門，感謝你們的協助。

Jennifer（黃尹菲）　二〇二一年九月三日

我一面讀信，一面想著信中字字句句的英文竟是出自當年連中文都還不會說的尹菲，心裡既驚異又懷疑。沒想到一封信就能橫越阻隔在我們之間的太平洋，使我們牽上線，我頓時懊悔自己此前沒有更積極地找尋尹菲，也許一直以來她都認為臺灣的親人無一掛念著她。

接獲廖科員電話當天，我就打算聯絡尹菲，但我尋思了許久，估量著尹菲在電話中可能會向我問起哪些事情，而我又該作何回答？倘若她不會說中文，我還得以英語和她溝通。尹菲在信中述及她知曉自己的生母已離世，這點她許是從養父母口中得知，那麼她是否也知道母親的死因？我可以想見她對自己的原生家庭肯定有諸多疑問，預期在臺親人能助她理解，然而關於那個家，關於我們一家當年究竟何以落得家破人亡，過去我想不明白，時隔多年後我依然沒有明白更多。隔日，我在臺北的租屋處等到深夜（美西時間的早晨）才撥出那通越洋電話，在電話待接的數秒鐘裡，我內心百感交集……。

「哈囉？」電話那頭的異國空間傳來一個乍聽不大像是十六歲女孩的聲音。

「尹菲？呃……Jennifer？」

「你是……是臺灣的哥哥嗎？」尹菲以中文生澀地說道，語氣中含著期待。

我已經很久沒被人稱呼「哥哥」了，過去只有母親在尹菲出生後會這麼喚我，後來住在簡爸家時，同住的昱宏雖然小我多歲，但他都習慣直呼我的名字。

「對，我是妳的哥哥。」我略為遲疑地說道。「我讀了妳的英文信，以為妳不會說中文。」

「講可以。我只會用講的，看不懂中文字。」尹菲說中文時音腔裡帶有一種我形容不上來的鼻音，這在她發某些聲母音時尤為明顯。

「我以前有找過妳，沒想到是妳先找到我。」

電話那頭的背景中有個男人低聲問了尹菲一個我聽不清的問題，尹菲將手機稍稍拿開，用英語對那男人答道：「對，是他。」。

「妳的美國家人在旁邊嗎？」我問道。

「是我爸爸，」她對「爸爸」這個用詞遲疑了片刻，「他問我是不是在跟臺灣的親人講話。他現在去告訴我媽媽了。」

「妳一直都知道自己是被收養的嗎？」

「知道，很明顯，因為我長得不像混血。但是他們沒有告訴我全部，以前他們說我在臺灣沒有家人，出生就被……呃……」她努力在腦中搜尋某個正確的中文辭彙，「被遺棄。今年我生日他們才告訴我實話，說我以前在臺灣有一個家，不是被遺棄的。他們還說去臺灣接我的時候有看過你。」

「他們把妳養大，這妳不能怪他們。」我不經意地以哥哥的口吻說道。「他們對妳都很好吧？妳有沒有弟弟或妹妹？」

「很好，很好，家裡只有我。」她停頓了一會兒，然後怯聲問道：「哥哥，你現在是一個人嗎？」

「妳是問說，我旁邊有沒有其他家人嗎？沒有，我是一個人。」

「你沒有像我一樣被收養嗎？」

「沒有，妳被帶去美國的時候，我已經很大了，應該有十五歲。但還是沒大到能夠照顧妳。」

「我聽我爸媽說，我跟哥哥以前一起住在孤兒院，可是我都想不起來。」

「妳那時候太小了，還是小嬰兒。妳一定有很多疑問。」說完，我意識到她接下來的提問，我未必答得出來，「我可以把我知道的事情告訴妳。」

「可以問，我們爸媽的事情嗎？」尹菲謹慎地問道，似乎擔心提起死去的母親可能會令我不悅。「我這邊的爸媽，他們對我原來的家庭知道得很少，只說收養我的時候，我們的爸爸在監獄，媽媽在我出生沒多久就生病去世。我想，媽媽是不是因為生我的關係去世？」

我愣了幾秒鐘，訝異尹菲的養父母竟對她稱我們的母親是「病故」。尹菲說她十多年來都誤以為自己是個棄嬰，直到近期她的養父母才坦言她在臺灣曾有過家庭，然而他們卻未告訴她母親的真實死因。他們是否出於某種原因而決定不對尹菲說出全部真相，抑或他們真的不知情，亦即當年慈育的人向他們隱瞞了尹菲原生家庭的真實境況——若真如此，其原由倒也不難理解。我沉默片刻後，決定暫不戳破、糾正尹菲養父母的說法；當下我直覺認為這麼做是對的，事後我才發覺這對尹菲實屬殘酷：她對自身來歷的認知已被扭曲了十幾年，最終她從我這哥哥口中獲知的身世亦非真實版本。

「不是，媽媽去世是生下妳之後的事，不是在生妳的時候……。」

「那你有見過爸爸嗎？以前有沒有跟他們住在一起？對不起，我一直在問。」

「沒有關係，妳會好奇很正常。小時候我們都住一起，我、爸媽還有妳，全家人都住一起，媽媽去世以後我們才離開家裡。可是我已經很久沒見到爸爸了，我不知道他現在人在哪裡。」

尹菲欲言又止，似乎猶豫著該從腦中囤積的團團疑問中先挑出哪一個來問。我擔心她會問起黃霖當年入獄的原因，那麼為了不揭穿「母親病逝」這一說法，我便不得不為黃霖另外編造一個罪名來圓謊。

「妳在信裡寫到要來臺灣，」我未等她發話便接著說道：「如果妳來，除了我，可能找不到其他親人可以見，這樣妳還想來嗎？」

「我會去，」她毫不遲疑地說：「我想跟哥哥見面。」

第四章

尹菲在電話上說她和泰勒夫婦將於數週後一同來臺，末了我們再三確認彼此所留的電子郵件地址，經過數番彷彿訣別似的道別後才結束通話。

在尹菲來臺前的半個多月，我們多透過電子郵件聯絡。起初我是以英文回覆她的英文信，後來她表示我可以中文回信，由她的養母張女士念給她聽。尹菲的中文聽說能力主要是從小在家和張女士以中文溝通習得，張女士挺喜歡中國的宮廷劇，尹菲不時會陪著看戲；張女士曾向尹菲提過，據她父親口述，其張氏一脈有著清朝皇族血統，她的曾曾祖母是晚清一位屬正黃旗的格格，嫁給平民出生的曾曾祖父後才出了宮。張女士曾試著教尹菲和泰勒先生識漢字（後者當時因工作之故常至中國出差），不過父女倆苦學不久便爭相放棄。此外，尹菲平時上教會，也有少數幾個老一輩的華裔教友會和她講中文。尹菲提到泰勒夫婦長年不孕，他們在收養她之前、之後都曾考慮委託代理孕母生子，但礙於信仰等因素終未採行。從尹菲向我描述的美國家庭生活以及她與養父母的互動模式中，感覺得出她惜愛著泰勒夫婦倆，即便她從小便知自己與他們並非血親。

尹菲拍下她在臺出生證明及臺灣護照的照片傳給我看，護照內頁有她一歲時所拍的大頭照，她說這些文件過去一直由她的養父母藏著，直到近期才交給了她。自難以溯源的幼年時期，尹菲就模糊地知曉自己是「來自臺灣的棄嬰」，編造這個說法是張女士的主意，她向來不大願意和尹菲細說他們當年赴臺收養她的始末，擔心她知道太多會興起來臺尋根的念頭；張女士在臺已無近親可探，所以十多年來也從未帶著尹菲返臺。棄嬰一說確實奏效，尹菲對於自己謎一般的身世難有想像空間，此前她未動念來臺尋親，正因她連自己生父母的名字都無從得知，料想找到他們的可能性極為渺茫。使張女士顧忌心態發生轉變的原因，一是尹菲眼看就要成年，另一原因便是張女士來自中國山東的父親（即尹菲的「養」外祖父，尹菲說他講話帶有濃濃的山東腔，十句話裡面她僅能勉強聽懂一句）；張老先生尋親多年，終於和中國的親人在美國重逢。一九四九年，第二次國共內戰末期，張女士的父親在兵荒馬亂中獨自隨所屬國民黨軍撤退至臺灣，與留在中國的妻女在兩岸對峙、封鎖往來之下形同生死相隔，此後他在臺另娶並生下張女士，隨後一家於一九八〇年代移居美國。前些年，張老先生終於在美國追尋到中國故親的下落：他的「前妻」在他當年去臺不久便改嫁他人，而他的女兒則由他現已逝世的父母養大。最終，他與中國籍女兒在失散半個多世紀後於美國見著了面，那一幕令張女士非常動容，她也因此不再那麼抗拒讓尹菲知曉其真正的身世，後來甚至還鼓勵她寫信尋親。

通信聯絡有個好處，對於尹菲信中所問之事，我可以選擇性地略而不答，或說是可以選擇問題來答。尹菲嘗試透過我的筆述來了解素未謀面的生父、生母，有關他們的長相、個性、經歷及夫妻情分等等，幾乎無所不問，某些問題喚起了我腦中深埋的記憶，其中當然也不乏令我發窘、答不出來的細節，那是些我過去與他們同住生活時不曾了解也從未試圖去了解的面向。在信中，尹菲也曾問及母親因何病去世及黃霖因何罪入獄，對此我自打與她第一次通話就說了謊——至少沒對她說出實情——這使我一直有種替人圓謊、如鯁在喉的感覺，不過未釐清泰勒夫婦是否刻意在母親死因上對尹菲說謊以前，我實在不知該如何向尹菲坦白，何況此事本也不易坦白。

尹菲表示抵臺後想重回她的出生地澎湖，於是我向公司請了長假並帶上手邊一本待校的新書譯稿，提早在她預定來臺前幾日啟程至澎湖等候。

臺灣與澎湖之間這一海之隔，我時隔十五年才再次橫渡。過去，我並非未曾想過要回澎湖，不過因為種種原因終究沒有成行，說白了，便是找不到回去的理由。回家的念想到頭來總令我感到空虛，我不曉得時隔多年老家還在不在，即使還在，那屋子裡曾經發生的一切、那些原可能令我想要重溫的時光，在十六年前母親死於家中那日過後就都變了調。將澎湖選作我們兄妹倆的重逢地是尹菲的主意，此行返澎，感覺是她這個離家要比我遠上許多的家人在召喚我回家。

我沒有直接從臺北搭機飛往澎湖，而是坐車南下至嘉義布袋港搭船，這般刻意費周折，或許是我心裡的懷舊執念使然，覺得自己當年怎麼越海而來就該怎麼回去。我乘坐一艘噸位很大的客輪，出港後客輪加速往西航行，我透過船艙窗戶往外望，船尾後頭的海面曳出了一道彎彎長長的波紋，海岸離得越來越遠、變得越來越小，逐漸在視野中壓縮成一條細長的海岸線；一股似曾相識的惆悵感湧上我的心頭，感覺此行離臺返澎不是返鄉，而是再度背井離鄉。船艙內，我從襯衫胸際的口袋取出方才通關驗票時供人查驗的身分證，上頭的換證年分是我來臺的第一年，不過證件上仍是沿用我中學時期的舊照，我還認得自己照片中所穿的是那時期我特別愛穿的一件衣服，若沒記錯的話，這衣服是某日母親帶我去馬公的牙醫診所補了一顆牙齒（如今早已蛀壞）之後順道在北辰市場一個小衣攤替我挑的。身分證背面的戶籍地址欄位已非登載老家地址，父、母欄位上那兩個名字我已有多年不曾聽聞——不論是聽別人叫喚他們二人的名字，或是此二人相互叫喚——乍一看感覺它們與我的身分毫不相干，只是兩個陌生人名。

經過一個多小時的航程，澎湖本島和幾座小離島浮現海面，客輪駛入馬公港，緩緩於南海碼頭靠岸。碼頭上有一些拉著行李箱候船的遊客，港岸邊的南海遊客中心後方矗立著相鄰兩棟過去未有的大型建物——澎澄飯店與三號港購物中心。我仍記得十五歲那年在這碼頭登船前，曾等過一個至終沒有出現的女孩來為我送別。

出了碼頭，我沿著海埔路、臨海路緩緩朝中央老街一帶的飯店走。馬公港濱的街景似乎沒多大變化，沿途經過海產冷凍廠和海鮮餐廳、遊艇公司和租車行、掛著老舊招牌的旅行社和小旅店，此時已進入觀光淡季，某些店家看似歇業有段時日了，另外還見著幾棟澎湖常見的荒廢老屋及拆屋後留下的空地。再次踏上這座島，感覺彷彿走入自己的童年之中，好似我不曾長大也從未離開，而過去在大海彼岸度過的十多年歲月僅僅是場夢。

我入住的飯店房間位於高樓層，窗外可望見大大小小的交通船和漁船出入馬公港。放好行李後，我便在馬公市區任意漫步，這兒是澎湖最熱鬧的地方，過去在我眼中有如世界的中心，每每從湖西老家前來馬公都有種「進城」的感覺，如今我已在臺北生活了十多年，見識過真正的都會生活，相形之下馬公便顯得有些蕭索冷清。黃霖一個友人過去在中華路上經營一間釣具行，但我已找不著確切位置，不曉得他是否仍經常在夜裡出海釣小管；至今我仍可清晰憶起那夜他在船上教我們父子倆綁一種特殊魚線結的情景。經過北辰市場時，我在一間小小的雜貨鋪外頭逗留了片刻，以前跟著母親來逛市場，她常會跟這鋪子的老奶奶談攏，把我「寄放」在此，因為在她逛衣攤時我若跟在一旁總會不耐煩地直嘮叨、壞了她的興致。店老闆已經換了人，鋪子裡那張圓背躺椅還在，以前我會坐在那椅子上慢慢吃著母親自個兒逛街前給我買的糖果，等再久也不覺得無聊。再往北走幾條街，我來到學區附近一間兩層樓書店，這裡以前是間樂器行，母親過去就在二樓的鋼琴教室教琴。走進書店，我習慣性地在架上搜尋自家出版社擺書的區域，在角落裡發現了我進出版業所編的第一本書。這本於版權頁上印有我名字的重製書（當時的職稱仍是「助理編輯」），從臺灣飄洋過海派送到澎湖這間書店裡，比我早返鄉好幾年。

黃昏時，我從觀音亭慢悠悠地往回走，穿過篤行十村來到順承門，那兒有個臨海小球場，我就在一旁坐下，看著一群穿著馬公高中制服的學生在落日餘暉下爭搶著把球投進籃框。當時我一直隱約聽見後邊的溜滑梯傳來一個男人低沉、嚴肅的話音，起初我沒有仔細去聽他說些什麼，也沒轉頭去看他是對誰說話，直到他說到一段話引起了我的注意，我才知道這聲音的主人與聽話的人是對父子檔。「你自己去找一個適合你的方法，你雖然是我的小孩，但我也不知道適合你的是什麼。」男人對著靜坐在溜滑梯上的兒子說道。我一時聽不明白這位父親正和孩子談論什麼話題，是課業學習方法，又或是未來的生涯規劃？不過那孩子看起來十歲不到，談未來未免言之過早。令我好奇或說著迷的是，這父親竟以對待大人般的嚴肅口吻與年紀尚小的兒子交談，我不記得黃霖或母親曾這麼正經八百地和我聊過前程。他們對我的未來想必有過某種期望，母親就曾試著要教我彈琴，不過我始終提不起興趣學，黃霖則不希望我長大後跟著他做木工活，說他若非只會幹這個老早就轉行了；當然，後來他們都不在了，我只能靠自己去尋找適合自己的方法，正如那男人給孩子的建議：凡事都得自己作主。「長大要有長大的樣子」，母親以前老將這句話掛在嘴邊，她若是知道我長大後成了什麼樣子，或是說還沒成某種樣子，是否會覺得我不成器、辜負了她的期望？我不禁想，若我人生中的許多階段母親與黃霖都未缺席，能在旁對我過去所做的諸多選擇表示支持或反對，或許我會有著截然不同的人生走向：我可能不會離開澎湖，至少不會那麼早離開，也許黃霖某天改變主意願意教我木工手藝，我也可能突然對音樂燃起興趣、認真向母親學琴，或者不學木工也不學琴，成年後我就一直待在澎湖某艘船上——不論是漁船、交通船或是觀光遊艇——當個討海人。

到了三十歲，我時常想像自己擁有不一樣的過去，並從那別樣的過去中走出不一樣的人生，這或許是因為到了這年紀，我開始有種人生已大致底定的感覺，如今「未來」已不若我二十歲時那般悠長、隱含著各種可能性，可展望與想像的空間大大限縮了，我便索性轉念「往前」想像。不過，心頭有這份底定感倒也不壞，至少你不會再有那種將人生虛耗在「等待人生」上的感覺：等待長大、等待畢業、等待退役、等待換工作的好時機、等待人生目標一一實現、等待人生下一個轉捩點……。過去我期望發生的許多事情都發生了，至於那些還未發生的，我多半已不抱期望，或是已然接受失望。如今我已接近母親與黃霖當年的歲數，我納悶他們當時是否也有這般人生已然底定之感，覺得往後的日子差不多就是這樣子了，不會有太多預料之外的轉變，直到發生了那出乎所有人意料的事情，他們心中那份底定感才突然轉為一種終結感：母親的人生提前終結，而黃霖在獄裡蹉跎的那十年光陰中想必也覺得人生完了。

◆

回到澎湖，我像人類學家般四處觀察當地人的生活方式，一面回想自己從前在這小海島上度過的日子。頭一天晚上，我獨自到馬公一間火鍋店用餐，有一家三口隔著一張空桌坐在我前頭，夫妻倆頂多四十歲出頭，兩人面朝我並坐，男人面容粗獷、皮膚曬得黝黑，而他身旁的妻子衣著樸素、有著一雙鳳眼，看起來不大親和；坐在他們面前並背對著我的兒子穿著文光國中的制服，我便是據此斷定他們一家並非外地觀光客。他們在用餐期間幾乎沒開口說上一句話，至少沒看到面朝我坐的夫妻倆交談，而背對我坐的那個男孩即使曾小聲說話，他的父母也未予回應。父子倆先用完餐，男人一手搭在妻子的椅背上，靜靜坐等她吃完，而她不急不躁地吃著，還將筷子伸到對面兒子的鍋裡查看有無剩食。男人向兒子使了個眼色並比了手勢，父子倆便默契十足地同時起身往店門外走。約莫過了五分鐘，那對父子回到店內，男孩手上提了一袋在附近運動用品店所買的新球鞋，他們又默然坐了一會兒，待女人放下筷子，三人才結帳離去。至今，這家人靜靜坐在火鍋店內幾無互動的畫面仍不時在我腦中浮現，他們使我悵惘過去我們一家是否也曾像那樣相處，表面上看就是個再普通不過的家庭。

事實上，過往與父母在澎湖生活的日子平凡到令人不覺得平凡，因為當時除了那過慣的平凡日子外，我不曾嘗過別種日子的過法。當然，不管我曾自認對過去那個家有何根深柢固的認識與瞭解，當那看似平凡的家庭日常最終演變成一起弒妻命案時，那一切對家庭的認知便都不再使人信服。

尹菲在電郵中問過我一個問題：我們的父母是怎麼樣的人？我沒有正面回答她，因為我不認為自己能給出中肯的說法。當然，過去與他們朝夕相處的那段日子，我理所當然地認為自己懂他們，這並非意味我自認對他們無所不知，確切來說——如果可以這麼說的話——那是種超脫理解之上的親密感：縱使他們對我有所隱瞞，不論那是何種祕密，都不會使我們骨子裡血濃於水的至親關係減卻一分一毫；這份與生俱來的親密感或許正是為人子女的盲點，它使我們覺得沒有必要特別去深入了解自己的父母。如今，對於母親與黃霖，我唯一能肯定的是自己對他們的認識肯定不夠深。過去有段時期，我一再於回憶裡化身偵探，試著從他們往日老夫老妻式的相處模式中找尋遺漏的線索與隱伏的殺機，但我始終覺得自己看到的僅是表象，一個一觸即破的泡泡。隨著離家日久，我漸漸習慣自己對家庭的不解，正如我漸漸習慣了母親的死亡，便不再去探究這些懸而未決、沒個解答的陳年舊事。然而在尹菲出現後，這段我已許久不去糾結的家庭往事，再度像迷霧般籠罩著我；尹菲知道母親真正的死因後將會需要一個解釋得通的說法，我這般想著，但其實最需要解答的人是我自己。

從小我便覺得母親與黃霖是很不一樣的人，一個在高雄長大、學音樂的女大學生，怎會嫁給一個來自澎湖的木工學徒，甚至在我出生不久後，隨黃霖從高雄搬至澎湖湖西一個小村定居；我曾聽他們說過，當時我們一家搬至澎湖是為了就近照顧病重的祖父，只是祖父捱不過兩年就病逝，所以我對他並無記憶，一如我對自己在高雄度過的頭一年人生沒有絲毫印象。他倆大有可能不會相識，若黃霖從軍中退伍後沒有到臺灣當木工學徒，或是選擇從高雄以外的其他地方上岸，那麼兩人八成一輩子都不會知曉對方的存在。說到他們的相遇故事，不知為何我印象最深的竟是母親錯失的一段情緣：母親大學時期空堂時會上西餐廳給人彈琴，她說黃霖不是頭一個在那兒向自己搭訕的男客人，在他之前曾有個追她追得很勤、差點令她動心的男人，不過此人後來便不再出現，具體原因她沒說清楚或是我沒問明白，也可能是我忘了，總之當黃霖追求她時，她心裡其實還惦念著那個神祕消失的追求者。對此，黃霖則有另一套說法，他堅稱母親對他是一見鍾情，當時她眼中除了他不可能還有別人。

我不記得自己在什麼情境下聽他們談起這些年輕往事，想必是我仍會纏著他們懵懵懂懂、漫無邊際地問東問西的孩提時期，在機車後座、貨車中間座位、家中客廳或是夜裡的枕頭上，聽他們對我講述或是無意間在旁聽他倆私語而來。如今想來，我和他們其實一直都挺親近，在尹菲出生以前，他們除了我這個獨子外沒有其他孩子可以偏愛，而我從小沒有手足作伴，自然與他們的關係較為緊密，不過這般緊密關係也僅截至我十三歲為止，假若我們一家人能夠多處上幾年，或許我會像那些邁入青春期後日漸叛逆的少年一樣，開始活在自己的世界裡，與父母永遠疏遠。

我和他們二人分別有著很不同的相處模式，母親往往是家中扮黑臉管教我的那一個，她的意見至關重要，尤其在教養問題上，幾乎是她一人說了算，當平時比較放任我的黃霖見母親把我管得太嚴而出面插手時，多半會遭到她的無視。我自認不是個特別叛逆的孩子，不過母親凡事都想替我拿主意、為我操心的態度，有時不免令我生厭。她很重視我的學業，尤其在我升上中學後，她不時諄勉我日後定要離開澎湖到臺灣去唸大學；當年我中學畢業後選擇赴臺求學，或許與她這席話有一定關係。她這麼盯我讀書，自然不允許我花太多時間在課外娛樂上，記得某年過年，黃霖好不容易答應替我買臺電腦，但此事在最後一刻被母親知道後就沒戲了，當時我還為此生了好一陣子悶氣。其實母親也不總是這般嚴肅，有時當我定神看著她在家中練琴或在外頭教琴的模樣，心裡會莫名覺得陌生，她彈琴時彷彿變了個人似的，散發完全不同的氣質。我可以看出她的學生不分男女都十分仰慕她，我會抱怨她對學生總是那麼和善、有耐心，對我則是差別待遇。她並非移居澎湖後就一直在教琴，在我還小的時候她換過不少工作，多是些僅能貼補家用的零工，大概在我八、九歲時，馬公那間樂器行與母親熟識的老闆娘才邀她在店內二樓開設鋼琴課。雖然母親嘴上說喜歡澎湖的海島風情與寧靜生活，不過我總覺得她在這座小海島其實一直無所適從，是教琴讓她的生活有了除我以外的另一個依託重心。

比起母親，許多事情找黃霖要好商量得多——母親雖然也講理，只是我通常講不過她——他不太有為人父那種威嚴，可以像朋友那樣和你討論事情，也肯替你保守一些祕密。家中話最多的人便屬黃霖，他說話的方式中透著一種灑脫不羈的魅力，令人不覺受到吸引；相較之下，母親則略顯沉靜，我想她挺喜歡聽他說話，或許可以說她正是看上了他這一點。我會說黃霖有點難以預測，原本正正經經，下一刻卻可能突然做出什麼無厘頭或甚至出格的行為，母親曾形容他這種狀態是「被鬼附身」。我記得小學時，有個在班上跟我不是特別熟的男同學突然騎著腳踏車來家裡找我玩，我和他就在院子裡瞎混打鬧，此時黃霖回到家中，湊過來認識我這位同學，接著不知為何他突然起了玩興，從我身後架住我的胳膊將我騰空抱起原地轉圈，當下我感到糗極了，在我哀求他放我下來那會兒，那男同學就站在一旁笑呵呵地看著我們這對父子，讓我有種他倆聯合起來捉弄我的感覺。那天黃霖進屋後，那男同學對我說「你爸爸很好玩」，我問他「很好玩」是什麼意思，他便伸手讓我看他長著厚繭的粗黑大拇指，說他爸爸會用打火機燒他的手，還直接形容他爸是「流氓」。他這番話令我很是震撼，從此見到他時我總會想起他有個可怕、糟糕的父親。反觀黃霖，他不是那種愛管教、脾氣差，甚至有暴力傾向的父親，他不抽菸、不酗酒，更談不上什麼「流氓」，生起氣來頂多是不和我說話而已。不過或許因為我很少見他嚴厲的一面，當他真的嚴厲起來時著實嚇了我一跳；他唯一一次動手教訓我，是我為某件事生母親的氣，當著他的面對母親嘀咕了一句太過分的話，他一聽頓時暴怒，衝過來往我的脖子掄了一掌，那一幕連母親也嚇著了，連忙過來護住我。當然，我很清楚挨他那頓揍是我活該，事後他也為自己下手過重向我道歉。大體上，在我眼中，以及那男同學的觀感中，黃霖是個好父親。

當我在十二歲那年得知母親懷孕時，內心是既訝異又尷尬（當時我已大略知道小孩是怎麼來的），然後才是一種很微妙的喜悅之情，感覺上比起多了個弟妹，更像是將迎來一個孩子——我們三人共同的孩子。他們原本不打算那麼早讓我知道此事，不過黃霖有天按捺不住，偷偷向我洩露這一喜訊。那日母親不在家，黃霖要我到後院給他搭把手做樣東西，沒等那張嬰兒搖床顯出雛形，他就問我有沒有發現母親近來越形臃腫。他喜不自禁地宣布我將要當哥哥了，並提醒我在母親面前要裝作不知情，我當即誇口絕不露餡，但顯然我是個糟糕的演員，當天晚上就忍不住向母親求證此事。那天，我們父子倆在院子裡造著嬰兒床，一面討論著家中新成員的性別、名字以及將來屋裡房間的重分配，再者就是為這些美好而尚未篤定的預期不停傻笑。若不算超音波照片的話，我第一眼見到尹菲是在醫院的保溫箱裡，看著她幼小的身軀和身上那剛與外界接觸的脆弱皮膚，我碰都不敢碰她一下，生怕輕輕一觸就會傷著她。

在我當時那個年紀看著父母育嬰有種奇特的感覺，彷彿回到過去，一睹自己初生之時被他們呵護照料的情景。他們的心力一下子從我這獨子轉移到尹菲身上，帶孩子雖然勞神累人，不過也沒見他們喊苦。大致上，在家的最後那年，除了家中多了個新生命外，並無什麼不尋常之處，日子看似會一直這般照常流轉下去。我會模糊地想像尹菲長大後與我的兄妹關係——我們年齡差了一輪，可能不會太親近——以及彼時家中的境況：當她長到了我當時的年紀（十三歲），我自己都快要三十歲了，我可能早已離家、結婚生子，而那時母親與黃霖都已步入中年，尹菲將會在我離家之後繼續伴著他們。這般想像自然是合情合理，若當時有人向我預告，我們一家四口不久將會少去一人，餘下的人一個去了監獄，另一人去了美國，然後我們之中任一人都不會再見到其他人……，我根本無從想像也無以置信，至少在黃霖某天突然離家出走之前，我絲毫看不出這種改變的端倪。

我不記得自己以前可曾在意他們是不是一對恩愛的夫妻，我想只要他倆作為一對父母一同陪在我身邊，那麼他們夫妻間的感情對我而言並不是特別重要。他們不會介意在我面前展現親密的小舉動，例如在沙發上相倚著看電視或在廚房流理臺前擁抱，而兩人爭吵時也不會刻意避著我；他們和大部分夫妻一樣，偶而會為一些無關緊要的小事拌嘴，有時也會冷言相向、互擺臉色。我不敢說他們彼此真心相愛，但至少我並不覺得他們之中有誰已明顯不愛另一人，他們對彼此定然都有看不慣的地方，卻不至於無法相互容忍；以往不管他們為何事爭吵，也終歸會有和好的一天。然而，黃霖那次離家出走卻有別於以往。那夜，他從外頭回來得晚，我在自己房裡關了燈正準備睡覺，睡意朦朧之際先是聽見門外傳來低微、聽不出說話者情緒的談話聲；接著，那含糊的話語聲逐漸上揚，我才肯定那是爭吵聲。母親和黃霖的聲音中混雜了尹菲的哭聲，我在床上坐起身，試圖聽清他倆在吵什麼，但隔著門牆只能從兩人聲音的消長聽出黃霖是較為憤怒的那一方。數分鐘過後，他們的房門被用力拉開，從他們房裡透出過道的燈光，使我房門下方亮起了一道微暗的光。我立刻躺回床上裝睡，下一刻我的房門便被輕輕推開，我瞇眼朝門邊看，只見黃霖站在門框處的背光剪影：他手放在房間電燈的開關處，但遲遲沒開燈。我沒看清他臉上的表情，甚至不確定我們有沒有對到眼。我能從他粗重的鼻息聽出他還在氣頭上。他站在那兒，一句話也沒說，沒有試圖解釋或安撫，也不像是在道別。母親猶疑的腳步聲緩緩靠近，黃霖沒有轉頭去看她，而是逕自轉身下樓，留下眼裡噙淚、不知所措的母親杵在我的房門外。沒多久，一樓的大門便被打開，隨後是屋外那輛貨車發動的聲音。當黃霖將車子開遠後，母親才頹喪地走回她的房裡。

那晚黃霖一走，將近一週不見人影，至今我仍不清楚他離家那幾日的去向。母親沒有著急尋找黃霖，只是成日在家鬱鬱寡歡，問起他倆那晚爭吵的原因，她也絕口不談。我不下一次騎著腳踏車上黃霖平時做工的那間木工房找他，也去了他朋友在馬公的那間釣具行，還到幾個他經常去釣魚的港口找過，打電話到鳥嶼詢問佩晴姑姑也說沒有他的消息。幾日之後依然未見他的蹤影，我開始慌了起來，意識到他們這回吵架可能會鬧到離婚。現在看來，比起事情最終的演變，當年他們若真能以離婚收場，可算是求之不得的好事；然而，當時我不可能想得到會發生什麼比他們離婚更糟的事情，也沒悲觀到認為他們一定會離婚，我只是一心盼著他盡早回家，覺得只要他回到家裡，他與母親總有辦法像以往一樣言歸於好，豈知當時我最該盼望著他一去不返，因為他一回家，母親便再也不會在家了。

◆

時隔多年重返湖西老家，比起發現那屋子已經拆除或易主——後者可能性較小，畢竟那是棟凶宅——我更擔心會在那兒碰上黃霖。

那晚我跟在那一家三口後頭出了火鍋店後，便在飯店附近的租車行租了輛機車，往東朝湖西的方向騎。從二〇三轉二〇二縣道後，經過成功水庫和澎湖機場外圍，接近紅羅村時我開始任憑感覺領路，從一條過去十分熟悉、現仍有依稀印象的小路拐入紅羅北面臨近潮間帶的村區。村裡的風貌似乎沒多大改變，許多住家的院落和菜園仍保留著咾咕石牆，幾棟老宅的斷垣殘壁依舊年復一年地荒廢著。我頂著夜色於錯綜複雜的小巷道繞了幾圈後，在靠近西溪國小處找著了老家。從外頭看，那獨棟的屋子除了外牆老舊髒汙外，與記憶中的樣貌沒有太大出入，不過院子卻比我印象中小了許多。我原先猜想黃霖出獄後可能一直住在家中，當時見屋裡沒有亮燈，我著實鬆了口氣。當年他被判刑十一年，若沒有提前假釋，則應在我二十五歲那年出獄；或許姑姑曾想將他的出獄之日轉告於我，只不過我們姑姪倆在我離澎數年後便完全失去聯繫。十六年前，我在獄中最後一次見到黃霖時，我們幾乎無話可說，倘若此日他人就在家中，我不確定自己願不願意進屋見他，即使見了他，也不知我們二人該如何相處。

我將機車停在屋前，院子的水泥地裂縫竄出了不少雜草，還有些寶特瓶、菸蒂等垃圾散落各處。屋子四周都沒見著以前家中那輛藍色貨車，或許在我離澎幾年後，黃霖便於獄中託姑姑把車賣了。屋外倒是仍停著那輛過去多由母親在騎的紫色機車，車殼顏色已褪得極淡，坐墊裂了個口，裸露出裡面發霉的海綿。往後院走，黃霖在我升上中學後架起來的籃球框柱已有些傾斜，籃板腐朽脫漆，生鏽的籃框搖搖欲墜；過去許多年間，這裡也許成了附近孩子的公共球場，而他們在此打球時興許還會說著此棟荒宅的鬼故事。後院盡頭是那間黃霖過去擺放裁切器具、木料及釣具的小寮屋，寮子與院牆牆角之間有個內凹的小空隙，我記得那兒是以前和幾個鄰居小孩玩捉迷藏時我最喜歡的藏匿點。屋後邊鄰居家那堵咾咕圍牆塌了一大塊，以前那家子有個坐輪椅的失智老翁總自個兒坐在屋簷下發楞，到了傍晚才有人將他推回屋內，而翌日早上他又會像新洗過的衣服般被晾在外頭，希望此時他已不再困於輪椅之中。

當年離澎前我曾回家取東西，並將家門鑰匙帶至臺灣，不過那把鑰匙早在許多年前就丟失了。如今除了黃霖，大概只能指望佩晴姑姑手上仍留有屋子的鑰匙。我來到前門，抱著姑且一試之心轉了轉緊鎖的門把。門外的破舊踏墊上散落一些泛黃、發皺的傳單和信件，收件者都是黃霖，多為三、四年前寄發的水電費催繳單，看來這棟尚在黃霖名下的房子已有段時日無人居住，不過沒有十六年那麼久。客廳窗簾緊掩著，從廚房漆黑、蒙塵的窗戶往裡瞧亦只能隱約看出流理臺的輪廓。有對中年夫婦從屋前的巷道經過時停下腳步，我認不出他們可能是誰，而他倆見我在窗邊探頭探腦的樣子，似乎懷疑我是竊賊，我正想上前解釋自己的可疑行徑，那女人便拽起男人的胳膊快步離去。

我從後院寮子外搬了張小凳子坐在球框柱下，待了好一會兒才返回飯店。在家門外，我輕易地想起一些我許久沒憶起、剛憶起時還不敢肯定是否確曾發生過的往事：以前我們沒有在家門外藏備用鑰匙的習慣，有回我從外頭返家時發現黃霖不知怎地將自己反鎖在門外，而我身上也沒帶鑰匙，兩人便只能在門外苦等母親回家，其間黃霖想方設法要進屋——也許廚房窗戶拆得下來、二樓陽臺門沒上鎖——最後他試圖用開罐器撬開客廳的窗戶，卻不慎被開罐器的刀口割破了手，見他血流如注我慌得要命，連忙跑到鄰居家求救，後來當母親教完琴回家見到黃霖纏著繃帶的手和滿臉落魄的樣子，說我們父子倆是又蠢又好笑；我小時候有段時期很討厭吃飯，有次我異想天開，將吃不完的半碗飯菜藏到前門旁邊的鞋櫃深處，剛開始我還會惴惴不安地擔心事情敗露，但幾日後我便徹底忘了此事，當母親最終發現那個碗時，裡頭的飯菜已經變質發臭，那回我被罵得可真慘；有年颱風過境澎湖風雨特別大，入夜後二樓陽臺積了十多公分的雨水，眼看就要淹進屋內，當時我們一家三人頂著強風大雨用臉盆將陽臺的積水拼命地往外舀，感覺就像齊心據守一座城堡、抵禦著外敵的入侵。這些回憶彷彿一直儲藏在這棟屋子裡，而非記在我腦中，只有當我來到此處才得以提取。

我還想起自己曾打過一通電話回家。七年前，我在臺中成功嶺營區受新兵訓練，入營第一天幾乎整日與世隔絕，所有人都繃緊神經疲於適應此起彼落的命令聲和訓斥聲，直到入夜後班長才准許我們取出手機和親友通話五分鐘。每個人不是撥電話回家就是撥給女朋友，有些人不適應軍中的高壓生活，講電話時還不住地哽咽掉淚，彷彿方從一場大災難中倖存似的。我撥了電話給簡爸但沒有接通（當天早上便是他開車送我到營區門口報到），此時周遭所有人都抓緊時間和電話另一頭的人報平安，只有我在那一刻無人可聯絡。隨後，我撥了一通自知不會有人接聽、甚至無法撥通的電話到澎湖家中。家中電話一如所料成了空號，我聽著「嘟……嘟……嘟……」的響聲，想像電話線路連接不到的彼端——寂靜無人的老家，同時努力想憶起母親的聲音。

◆

事發那日早上，我在家中與來電詢問我為何沒去上學的郭老師通完電話後，救護車率先到場。我領著兩名救護人員進屋，到了二樓主臥房，指引他們進入母親所在的浴室。其中一名救護人員蹲在浴缸旁檢查母親的呼吸與瞳孔，我急切又無望地問他還有沒有辦法，只見他撥開我罩在母親身上的那條毛巾觸探她的心跳後，轉頭對著另一名救護人員和我搖了搖頭。郭老師也來了，他向救護人員了解情況後便把我帶下樓，替我打電話聯絡住在烏嶼的佩晴姑姑；當時黃霖不知所蹤，我唯一能聯絡的親屬只剩姑姑一人。不久，一輛警車駛入院子，兩名警察進屋後逕自上樓。不知過了多久以後，僅裹著一塊毛毯的母親被救護人員以擔架抬下樓，送上救護車。我想跟著母親一同前往醫院，但那名上了救護車的警察要我留在家中配合另一名警察釐清事情經過；事後回想我才察覺，警方或許早在那一刻便認定母親死於他殺。

留在家中那名警察在屋裡四處巡視後，問我家中有沒有東西遭竊，接著便直截了當地告訴我母親粗估已死亡半天以上。他掏出筆記本，要我詳細描述發現母親遺體的經過，以及我與母親最後一次談話的內容。我開始回想（後來也曾無數次回憶）前一天早上我離家上學前與母親最後的相處時刻，她的一舉一動、一言一語，試圖從中找出當下我沒有留意的異狀。事實上，那陣子母親因黃霖離家遲遲未歸，總是一副滿腹心事、魂不守舍的樣子，反倒是那天早上稍稍表現出振作的跡象：我出門前，她從錢包裡掏出所剩不多的零錢給我，而我提醒她家裡的奶粉快沒了——這便是我對她說的最後一句話——她聽後愣了一下，接著憔悴的臉龐露出了警覺的神情，自言自語似的對我說：「過兩天你爸要是還沒回來，我們就去找警察報失蹤。」這是她在黃霖離家後首次表現出積極找人的態度。

「所以昨天白天只有你媽媽跟你妹妹在家。」警察說道，同時看向客廳沙發另一頭由郭老師照看著的尹菲。「你說你爸不在家好幾天了，你最後一次見到他是什麼時候？」

「快一個禮拜前，他半夜跑出去，就找不到人了。」我答道。

「為什麼？他平常會這樣嗎？」

「他們那天晚上有吵架。你們可以幫忙找他嗎？他還不知道我媽……」

「等一下，」他打斷我的話，接著低下頭在筆記本裡振筆寫下一些他似乎很看重的資訊，「你最後一次看到你爸媽在一起時，他們在吵架。」

此時我意識到這名警察可能懷疑黃霖與母親的死有關。難道他把黃霖當成嫌犯？這意味著他肯定母親死於非命？我不敢相信自己竟也開始思考這種可能性。

「醫院那邊有消息嗎？」郭老師向警察問道：「怎麼會這樣倒在浴室。」

「我們有在脖子上看到痕跡，有可能被人勒住脖子。」警察從腰際拿起無線電對講機，調了調頻率後又放回去。

郭老師聽後朝我望了一眼，隨後噤聲不語。我反應過來後，對警察表示自己沒有注意到母親脖子上有傷。

「現在什麼都還不能確定。」他闔上手中的筆記本，然後定睛看著我問道：「你確定你爸一直沒回家？有沒有可能在你昨天回家之前回來過？」

過段時間後，警察接到了消息，告訴我醫院已確認母親是到院前死亡，死因尚無法斷定。有個鄰居上門關切，被警察和郭老師打發走了。隨後又有一名警察到家中來，原先那名向我問話的警察將這位同僚拉到一旁大略說明情況，並將「案發現場」交由他留守，接著便要我上警車和他一同前往醫院。我換下了學校制服，抱著尹菲鑽進警車後座，郭老師用家裡電話向學校通報後也上了車。一路上，我陷入一種置身夢境般的恍惚狀態中。母親真的死了，聽到醫院傳來的消息時感覺她彷彿又死了一次。她脖子上的勒痕是怎麼回事？難道黃霖真的曾回過家？但他們不過就是吵了一架……突然，警車內傳出無線電呼叫聲，那聲音要求駕車的警察將我直接帶往警局：「死者老公在烏嶼，他跟派出所自首了，人是他殺的。那邊會派人把他帶過來。」駕駛座上的警察立刻調轉車頭，然後他與我在車內後視鏡裡對了一眼，當下我一度擔心他懷疑我有包庇黃霖的嫌疑，緊接著我則懷疑起佩晴姑姑可能幫助黃霖藏匿於鳥嶼。郭老師的手輕輕按在我肩上，那隻手感覺越來越沉、越來越重。我低頭看著攬在懷中的尹菲，感到我們的人生——尤其是尹菲才正開始的人生——茫茫不可期。

那日我在警局待了很長時間，幾名警察相繼進到小房間內對我問訊，案發經過、家中境況、父母感情等等，同樣的事情我重述了一遍又一遍。我從一名警察的問話中得知黃霖已被押至警局，腦中當即浮現他在一個更為陰暗、幽閉的審訊室裡遭到刑訊的畫面，我向該名警察打探黃霖說了什麼或是承認了什麼，但他始終無視我的提問。當天警方沒有讓我們父子倆碰著面，直到三個月後我才於澎湖監獄的接見室中見著黃霖。當我結束問訊走出小房間時，郭老師已返校，而佩晴姑姑已在警局內等候多時，她愁容滿面，懷裡抱著尹菲，身旁坐著一名女社工。姑姑表示她在鳥嶼和郭老師通話後，當地派出所不久便通知她黃霖主動投案一事，她才曉得黃霖人在島上且犯了不可原諒的錯事。

隨後，我們一行人上了警車，前往母親所在的醫院，同行的社工在車上與姑姑商討起我和尹菲後續的安置問題。到了醫院，等待檢察官與法醫相驗時，姑姑忙著與院方人員交涉、聯絡殯葬業者，當我終於在醫院太平間見著母親時已接近傍晚，僅僅不到半天光景，母親的臉已變得不像是母親的臉。

當晚，姑姑和我們兄妹倆一起回到湖西家中並住下來照看我們，她要我開始收拾自己和尹菲的衣物，待辦完母親的後事就帶我們到烏嶼暫住。家中處處可見凌亂的鞋印，想必白天我們離家後陸續有檢警人員前來勘驗、採證。我再次進到二樓主臥房的浴室查看，浴缸裡的水少了母親的體積、經過鎮日的蒸散已所剩不多，我在浴缸邊緣坐了一會兒後，將手探入缸底拔起水塞。母親死時我只哭了一次——後來當她在殯儀館由法醫進行解剖，以及她入殮、下葬之時，我都沒哭——那晚當我看著浴缸裡混濁的浴水緩緩流失之際，我想著母親的靈魂就溶解其中，正隨著水位下降而消逝，一種一切正臨近終了且不可逆轉的感受，令我伏在浴缸邊上哭了很久很久。

第五章

返家那一晚，我不知怎地推開了上鎖的家門，發現客廳裡積水及膝，漆黑的水面上漂浮著室內拖鞋、報紙等雜物，樓梯處不斷有涓涓水流自二樓注入一樓；黑暗中有個人影漠然坐在沙發上，我不確定那人是黃霖、母親或是誰，但我亟欲呼喚此人、引起他的注意，卻像失語症患者般喊不出任何聲音。

我至今仍記得這個夢，是因為我在飯店醒來後便立刻將夢境寫了下來，而那一早稍晚當我接到苡融從南非打來的電話時，我也曾將這個夢說予她聽。

「你沒有家裡鑰匙幹嘛還回去。」苡融在電話中說道，對我所描述的夢境不予置評。

「我總得先確定房子還在不在。」

「你要趕快拿到鑰匙，你妹妹要回家了。」

自從苡融得知我與失散多年的妹妹跨海相聯後，她便十分關心我們兄妹倆即將在臺重逢一事，還替我們設想碰面當天可能面臨的種種情境：機場相擁、確認胎記、養父母的保護意識、兩國文化差異等等，若她人在臺灣肯定會想在場見證。

「你已經忘記怎麼當哥哥了吧，你要重新學學。」她說。

「我當哥哥的經驗本來就少，我妹一歲就去美國，她現在已經是高中生了。我上一次跟高中生相處的時候……是在我高中的時候。」

「我覺得你還是先想想到時候怎麼跟她說……」她欲言又止，但我能猜到她想提醒我什麼，「就是你還沒有跟她說的那些事。她什麼都還不知道，難道要讓她來一趟臺灣，回去還是什麼都不知道？」

「我知道，我也不是存心不說。等她準備好、等我準備好，就會告訴她。」

接著，她問我是否記得兩年前我與她在開普敦見過的一個男孩，「就是那個想找臺灣爸爸的南非人。」那男孩或許自知尋父無望，已許久未寫信向她求助了。苡融說她自從知道尹菲與我聯絡上後，突然對那男孩感到歉疚，覺得自己當時稍嫌草率了事，未盡心多幫他一點忙。

「妳能做的都做了。妳也說了，他連生父的名字都不知道，茫茫人海很難找起。」我說。

「我記得是一個跑船的臺灣人。說不定是個澎湖人，說不定。」她自忖道。「不說這個了，現在澎湖是在地人多還是觀光客多啊？」

「現在風開始大了，比較少外地遊客。」

「你算是半個外地人。」

「是啊，這裡大概沒幾個人記得我了，感覺滿奇妙的，被一個地方……被自己的家鄉遺忘。」

早上和苡融通話後，我原想前去拜訪佩晴姑姑，不過當我抵達岐頭碼頭時，當天唯一一班開往鳥嶼的交通船已然啟航。

錯過了船班，我便轉往湖西，穿過紅羅村來到我中學一、二年級就讀的湖西國中——中學二年級學期結束、在姑姑家度過暑假後，我便經社工安排住進位於馬公的慈育，並轉學至鄰近的馬公國中——心想郭老師或許仍在此任教。當年郭老師趕來家中，目睹了母親陳屍浴室的景象，更與我一同在警車上聽聞黃霖自首的消息，某種程度上參與了我童年最為灰暗亦是最後的一天，我想這多少使他認為自己對我負有某種責任，即便我已轉到他校就讀，他仍不時會到慈育探視我，後來當他得知我將要前去臺灣讀高中時，送了我一本狄更斯的《遠大前程》原文書作為臨別禮物（他在英語課堂上常和我們說起這位英國作家的生平故事），這本書和夾在內頁的那張手寫祝福字卡我仍保存至今。我在學校午休時間走入校門，攔下一名途經操場的年輕體育老師，他並不認得郭建和老師，不過他熱心地領著我到教師辦公師向幾名資深老師詢問，一個曾教過我歷史或地理課的女老師表示郭老師已離校多年，聽說他搬至臺灣與兒孫同住後便不再教書了。

離開湖西國中後我便回到馬公市區，經過我中學三年級就讀的馬公國中，接著朝北前往位於西衛、鄰近澎湖科大的慈育。

過去，我便是在慈育度過了離澎以前的最後一年時光，亦是在此與尹菲分離。我對慈育的歷史了解不多——住進這裡之前我從未聽聞澎湖有這麼一所育幼院——只知它在當地已有些歷史，創辦人是位美籍神父，在當時已辭世多年。院區內的房舍全圍繞一間年代久遠的小教堂而建，記得頭幾次坐在那亮堂堂的教堂裡，懷著不排斥也不甚理解的心態參與禮拜儀式時，我會暗自猜想周遭其他擺出禱告手勢的孩子是否發自內心接納這異國信仰，以及他們心中可能祈求之事；後來，當我與其中一個男孩熟識後，他相當篤定地向我保證教堂裡所有人都祈禱能早日離開育幼院，「不一定要回家，只要能離開就好，不用再看大人的臉色。」

當年我在的時候，慈育收容了二十多個院生，我在裡頭年紀偏長，尹菲則是院內唯一的嬰兒，年齡與她最相近的院童都比她大上好幾歲。到了育幼院生活，我才知道這種地方其實少有自小就失去雙親、無家可歸的孤兒（此處過去的少數個案多屬棄嬰），多數人只是暫時被安置在這裡，待他們「出了狀況」的家庭經評估恢復正常，如家中經濟狀況好轉、拋家棄子的父母願意出面負責或是家暴情形有所改善後，便可能被允許短暫返家或直接搬回家去。慈育的居住環境和生活條件雖然沒有我想像中差，不過到底和在自家生活有別，當我感到適應不良時便得提醒自己——尹菲和我除了以此為家，別無選擇。頭幾週院方安排我們兄妹倆單獨睡一間房，接下來我們就按規矩依年齡和性別被編入不同的「小家」群體：尹菲和院內年紀偏小的孩子住在一塊兒，而我則搬進了男生房與幾個國中生同寢。失去自己的房間後，我體認到在此生活久了，專屬於你自己的東西將會越來越少；我們所穿、所用的大部分衣物都是善心人汰劣、捐贈的舊東西，它們多數時候是由生輔員直接配發下來，不由得我們自己挑選，而這其中有些得跟其他人共用，有些則只是暫時屬於你。

起初，在慈育和那些已在此處待上一段時日的孩子共同生活，使我覺得自己像是剛從動物園裡被野放的動物，笨拙地學習著如何在野外自立生存。好在其他孩子熱誠地接納我們兄妹倆，個個都費心想讓我們盡快融入這兒似家非家的家庭生活。我猜測其他人都聽說了我們家裡的事，不過也許是曾被大人勸戒過，故起初沒有人主動向我探問，而這份善意使我心裡特別感激。他們不敢問，不過倒是挺樂於主動和我分享自己和其他院生的故事，以致我往往都是先記住某個人的身世背景，而非其姓名與性格。有個女孩第一句話就要我猜她的星座，我猜了老半天她才說她自己也猜不到，因為她出生沒多久就被遺棄在北辰市場的公共廁所，父母、生日皆不詳，原本沒名沒姓的她被送至慈育後才由當時的院長替她取名，至於生日則是被粗略「推定」而來。有人的父親因毒品案入獄，他向我描述探監的情景，並說每當他年邁的祖父母來慈育看他時，他都覺得自己像獄中受人探視的囚犯。有個小男孩要返家住上幾天，大家一聽說都十分擔憂，甚至煞有介事地策劃如何將他藏起來，因為他家中有個動不動就對他施暴的繼父，據說他上一次從家中返回慈育時身上所穿的衣服還沾有血跡。「不正常」在慈育反屬正常，這兒人人都有著扭曲、畸形的家庭，亦有人甚至不曾有過家庭，正是在那一年與這群孩子相識相知，方使我對於自己脫離常軌的新人生漸漸習以為常。

到了西衛，走近慈育院區的大門，一股懷舊之情頓時湧上心頭，憶起當年離院那一天，我曾從門口對側的馬路邊回頭鄭重地看了它最後一眼，告別自己的年少時代。院區圍牆漆成了藍黃相間的顏色，我很肯定過去不是這般牆色，卻也記不起原本是何顏色。院區入口的橫拉門半開著，門旁多了間小小的門房，見裡頭沒人我便徑直走入院區。我立刻注意到院生宿舍三樓陽臺上的吊衣繩晾有幾件馬公國中的制服及運動服，我不禁好奇自己當年所穿的那套舊制服後來還有多少人穿過。這天是平日，院內只見兩個未達學齡的幼童在教堂後邊那棵大榕樹下的遊憩區玩耍。男童與女童在鞦韆旁相互傳接一顆漏了氣的排球，一旁有隻體型和他們相當、胸前懸著一條殘肢的狗在兩人之間來回奔走，看似想參與他們的遊戲。那塊過去作停車場用的小空地已搭起了車棚，尹菲當年就是在那兒和泰勒夫婦上了計程車，由此開始遺忘她生命之初在臺灣留下的一丁點微弱的記憶。

當我走近那兩個幼童時，一個面生、肢體不協調的男人從餐廳那棟樓裡一瘸一拐地走出來叫住了我，見他每費勁邁出一步都得更費勁地維持身體的平衡，我便立即定在原地，並準備好隨時在他將要跌倒之際上前攙扶。後來，我聽說這個名叫彥文的男人是腦性痲痺患者，出生時就死過一次，當時雖然搶救回生，但腦部留下了永久損傷。他說起話也顯得吃力，開口時雙唇內捲，單側嘴巴張得特別大，而那側臉頰的肌肉也隨之大幅牽動。他的嗓音低啞、語速遲緩且咬字含糊，我聽了第二遍才明白他是想詢問我的來意。我向他表明自己是離院生，並和他提了幾個慈育舊識的名字。

「凱翔哦，你桌（說）的這個年地（紀），應該……應該治（是）偶（我）……，」他想說的某個字令他陷入更長的停頓，可看出他極力想將那個字講清楚，甚至吃力得閉起眼來發音：「愣……認得的那個凱翔。」

「他還在澎湖嗎？」我問道，不自覺地放慢語速，「在哪裡可以找到他？」

「他有殼（時）候會回崖（來）蓋（帶）小孩去露營。」

他告訴我凱翔在馬公經營一間露營用品出租店，不過他不曉得店面的確切位置。他領著我到大門邊的門房，好心替我撥電話向一位外出的生輔員問到了凱翔的店址，不過他可能覺得要轉述給我聽或是拿筆抄下都太過費時、費勁，便直接將話筒遞給我，讓我親自聽那位生輔員講。電話那頭的黃小姐聲音聽來像是二十歲出頭的女孩，我不禁暗嘆曾幾何時生輔員的年紀都比我還小了。黃小姐掛斷電話後，我將話筒遞還給那男人，他接過後試了幾次都無法順利掛好話筒，不大靈活的手抓著話筒連連敲擊著電話機座和桌面，不明情況的旁人見了大概會以為他在發怒砸東西。我想伸手幫他，但又擔心那麼做真會惹惱他。

「她是不是很兇，」他好不容易掛好電話後，轉身對我說道：「以前我在別的地方也住過育幼院，沒碰過她這麼兇的。」

「有一點。」我支吾道，事實上黃小姐在電話中溫聲細語，似乎只對他不大客氣。

凱翔的店位於馬公港旅客服務中心附近，離我所住的飯店不遠。當年在慈育，我們那一群中學生走得特別近，每天都一同走路上下學，男生們又同房住（凱翔就睡在我的上鋪），基本上每天除了在學校各自所屬年級、班級上課的時間外，我們都相處在一塊兒。在我們幾人之中，凱翔年紀最大，在校年級卻是最低；就我所知，他曾因「國籍問題」有段時間無法在臺就學。凱翔的母親是菲律賓人，她在菲律賓通過婚介與臺灣人結婚不久生下了凱翔，不過凱翔的生父並非她母親所嫁的這個臺籍男子，據他母親所說，他生父是個菲律賓人，不過確切是何人她則無法肯定，而他這位名義上的臺籍父親在婚前對此事早已知情，他事先同意將他們母子倆一同帶至臺灣生活，凱翔的母親這才嫁給了他；凱翔形容他父母的婚姻從一開始就是樁買賣。凱翔在菲律賓出生後，這名臺籍男子依約帶著他們母子倆返國，對移民官誆稱凱翔是他的親生兒子，孰料警覺的移民官竟要求他們做親子鑑定，鑑定結果致使凱翔無法順利在臺入籍並定居，因此他幼年時不是被暫時丟回菲律賓的外祖父家，就是像非法移民般在臺灣逾期居留，其間他母親與臺籍丈夫陸續在臺灣生下弟弟與妹妹——他們一出生就順理成章地成為臺灣人——直到數年後這名臺男收養了凱翔，他才得以歸化臺灣籍。凱翔直到十歲左右才真正明白自己的身世，原來他從小喊的「爸爸」之所以偏愛他的弟妹不是沒有原因，而這原因既符合情理也無可厚非。某次，他的養父對他說了些很殘酷的話，自此他便經常逃家、在外惹事，後來在他十二歲那年便由社福單位安排住進了慈育。

多年不見，凱翔戴起了眼鏡、留了頭蓬鬆的及肩長髮，不過我一推開露營用品店的門仍一眼就認出他來。當時，他正跪伏在鋪展開來的帳篷上為一對父女檔示範如何收帳，一面推薦他們幾處適合露營的沙灘。他抬頭看了我一眼後仍繼續招呼跟前的客人，沒有認出我來。有個女人背對著我在櫃檯後方忙著調整牆上幾個背包的擺售位置，在她轉身之前我一度尋思她可能是一個我在慈育認識的女孩，著實令我緊張了片刻。

凱翔將那對租借帳篷的父女送出店門後，他回頭看著我，朝我走沒幾步便突然止步站定，臉上露出狐疑的笑容，想喚我卻一時想不起我的名字。

「你是不是忘記我叫什麼名字了？」我說。

「不要告訴我，我一定想得起來。」他將一手食指貼到嘴唇上，皺眉苦思。「翊……翊軒！你怎麼找來這裡的！」

我們相認後便坐在店內的露營椅上敘舊，凱翔說他在慈育一直待到高職畢業，之後先去了臺中，然後到桃園某間電子廠工作了幾年，在廠內認識了與他同屬菲律賓裔的妻子——即櫃檯那個女人，凱翔用幾個不成句的英語單詞向她介紹我這位故友——兩人婚後攢夠錢就回澎湖開了這間店，同年他的女兒誕生，如今三歲大了。

「我會的菲律賓語沒幾句，英語也不好，剛認識我老婆的時候，她完全不相信我是她的同胞。」凱翔說。

「你那個菲律賓爸爸，後來有找到人嗎？」

「沒有，沒有人知道是誰。」他輕描淡寫地答道。「你這次回來，是找人？」

「我回來等人。」我說。

我將尹菲即將來臺的事告訴凱翔，他聽了十分驚異，要我將尹菲跨海尋親的來龍去脈從頭和他說一遍。

接著，我們聊起當年在慈育與我倆一同上中學的那幫人，凱翔說大部分人於十六至十八歲離開慈育後都選擇「逃離」澎湖，這使他覺得若不跟著離澎，自己會困在此地無法翻身，於是他二十歲那年一退伍便到臺灣討生活。起先，他到臺中投靠裕民——以前我們都叫他小裕——裕民十一歲時父親與他長期患有精神疾病的母親燒炭自殺雙亡，此事令他對亡母懷有怨懟，認為是她將尋死的念頭「傳染」給他的父親。凱翔和裕民合租一間套房同住了一年，後來凱翔便獨自去了桃園，兩人也就逐漸疏遠。

「小裕去年回澎湖，我們有見一面，他帶著他的……該叫什麼……老公？男伴？」凱翔說。

「他跟男的結婚？仔細想想，確實有，他有那種感覺。」

「宣婕也說過類似的話，但我自己是嚇到。對了，忘了跟你說宣婕也在澎湖，去年她跟我一起請小裕吃飯。你還記得她吧？趙宣婕。」

我記得，其實我一直盼著凱翔主動向我說起宣婕的過往與近況，她便是我剛進店內見著凱翔老婆的背影時心中浮想的人，亦是我離澎那日遲未現身碼頭的那個女孩。

「她一直都在澎湖，沒離開過？」我問道。

「她前兩年才回來，從香港回來。我跟她高職同校——小裕也是——她畢業就先去了臺灣，兩年前她剛回來，那時聽她說好像跟一個男的去香港，她在那邊待不慣就一個人回來澎湖。」

「大家都去了不同地方，又從不同地方回來，一定都變了不少。」我說。

「你跟宣婕以前不是滿好的，你真該看看她，整個人變得……很不一樣。」

「十幾年了，沒變才奇怪吧。你不也一樣，都結婚有小孩了。」

「她還沒結婚。」他突然提道，似乎察覺到我對宣婕的事特別上心。「去年小裕說他們考慮去國外找代理孕母生小孩，宣婕一聽代孕要花那麼大筆錢，還開玩笑地跟小裕說找她代生就好，把小裕他老公嚇得不敢講話。」

◆

中學三年級那年我先後住進慈育、轉至馬公國中就讀，宣婕所住的女生房位於宿舍上一層樓，我們同屋而居沒幾天，我便得知自己和她成了同班同學。開學第一天，我們一道走路上學，宣婕沿途教我認路，還事先提點我班上哪幾堂課不好打混睡覺、哪些個壞同學盡量別去招惹，一直把我領到我們共同的教室去。當我這轉學生站上講臺向班上同學自我介紹時，她在底下毫不諱言地向全班表明我和她就住在同一育幼院。宣婕無論在慈育或班級上無疑都是活躍分子，不過我卻聽慈育一個「年資」與她相當的女孩談道，她上中學以前的性情與此刻的她簡直判若兩人，具體有何不同她則未細說。

有天放學後我留校自習，天黑離校時我發現宣婕和隔壁班學生在校門口聊天，沒有和凱翔他們一同回去。她帶我走上與往常不同的返程路線，半途她突然問我，當我在家發現母親的屍體時她看上去像不像死人。她表示自己也有過伴屍經驗，當時她與哥哥被監禁在一個從外頭上鎖的房間，最後只有她活著走出來。她五歲那年，父親因販毒遭通緝後便逃之夭夭、不見蹤影，而她母親當時毒癮正深，常將她與七歲的哥哥丟到舅舅家不管不顧，隔許久才去瞧他們幾眼。更糟糕的是，宣婕的舅舅並非善類，常對他們兄妹倆施虐，尤其對她哥哥毫不留情，罷了就將他們反鎖在房內，任由他們自生自滅。有回緊鎖的房門許多天都未打開，她哥哥將僅剩的一點吃食給她吃下肚後兩人便開始挨餓，他們餓了很久、餓了太久了，兄妹倆癱躺在房內，毫無氣力說話與移動。她記得自己頭很暈，在半昏迷的瀕死狀態中見到身旁的哥哥不時乾嘔。自某一刻以後，她哥哥便不再動了，他凹陷的臉龐也再無表情，直至那扇房門終於被打開，她都沒明白哥哥實已餓死好些時間了。他們一死一活被送至醫院後，警方與社工這才介入；她長大後得知哥哥當年死時除了嚴重營養不良、全身虐傷外，體內還驗出毒品反應。宣婕的左手背上有一塊幼時遭舅舅虐待留下的燒燙傷疤（約十元硬幣大小），後來當我牽起她那隻手，手指觸摸到那塊略為浮腫、乾皺的皮膚時，總會想起她告訴我的這些事，同時擔心她餓著肚子。

宣婕五歲那年獲救後便被安置在慈育，其間除了短暫待過寄養家庭，大抵上是在慈育度過她的童年。她告訴我住在育幼院其實沒那麼糟，這裡不會給你家的感覺，但正因這裡不是任何人的家，待在此處亦不會有寄人籬下之感，而且你不會挨餓無助、完全受人擺布。

頭幾個月，宣婕和幾個與她同房的女孩都會輪番幫著我照顧尹菲，沒多久她們換尿布的手法個個都比我熟練。後來，當尹菲同泰勒夫婦去往美國，宣婕便轉而當起我的保姆，耐心伴著我調適心理。與尹菲分離，使我意識到我們兄妹倆在母親死後一直是我依賴著尹菲，而非她依賴著我，畢竟她那時還小，不太認得誰是誰，因此依賴誰都可以；她是我身邊僅剩的家人，失去她使我彷彿重新經受一遍喪親之痛。那陣子我情緒特別低落，每到週末，宣婕便會以帶我出去散心為由，替我們向生輔員爭取到更多自由外出的時間，然後拉著我、凱翔和裕民幾人騎腳踏車在馬公沿海四處遛達。記得某次凱翔不知從哪兒弄來一包菸，在馬公北面某處海堤上教我和裕民抽了人生第一支菸，回去之前我們幾個一一被宣婕逼著下海浸身，以洗去身上的菸味。

即將來臨的升學考試很大程度上使我暫時拋卻失親的沮喪心情、振作讀書，此外，對宣婕日漸萌生的情愫，那不期而至、純真而青澀的戀情，也為那時期的我帶來不少慰藉。放學後宣婕與我常會一起窩在慈育的小圖書室唸書，一直待到就寢時間的前一刻才回到各自的寢室。在大人疏於看守的某些夜裡，我們會悄悄溜出房，躲進停車場旁的小儲物間幽會，雖然好不容易得有獨處機會，但我們常常在黑暗中安安分分地並肩坐了許久，直到彼此情不自禁之時才笨拙、生澀地擁在一塊兒。我記得第一次在那儲物間裡嘗試吻她時，我瞇起眼來摸黑將嘴唇緩緩湊近她的臉龐，屏氣凝神、全心投入那極具歷史意義的莊嚴時刻，不料卻聽見她咯咯笑了起來，我睜開眼才發現自己親的是她的衣領而非嘴唇，這時她不停地顫笑，我不得不摀住她的嘴以免暴露了我倆的祕密戀情。

當時我們為了隱瞞戀情所做的種種遮掩行徑似乎都是白搭，大人們要不是看穿了我們欲蓋彌彰的曖昧眼神，就是我們半夜私會的儲藏間角落暗藏著不易發現的監視器，因為某天院方突然安排一個離院沒幾年、未成年即未婚生子的姐姐與我倆進行一次嚴肅的面談。宣婕認識這位姐姐，說她十六歲時被外頭同樣未成年的男友搞大肚子，隨後就離開慈育與男友同住。會面時，起先是生輔員對我們重申聖經中有關貞潔的戒律並展開一長段的說教，大旨是不顧後果的早戀多半沒有好結果，而此時那個姐姐拉長臉坐在一旁，看起來很不情願來此被當作活生生的教材。生輔員離席後，這位過來人一開口就質問我和宣婕是否已經做了那檔事，儘管我們矢口否認，她仍一臉懷疑。「相信我，」她旁若無人似的對宣婕說道：「妳在這個年紀認識的男生沒有一個想負責任，妳懷孕了他們可以跑掉，但妳不管跑去哪裡，肚子只會一天天變大。」。她以哀怨的語調講起育兒的辛勞和那個遲遲不願娶她的男友，臨了她支開我，單獨和宣婕談話。事後宣婕告訴我，那姐姐私下掀起上衣給她瞧了布滿妊娠紋的鬆弛肚皮以示警告，還教她如何推算安全期，並告訴她上哪兒可以取得免費的避孕套。

大人們大概料想不到，那次面談非但未對我們起到嚇阻作用，反倒在我們純真無邪的腦袋瓜裡埋下一顆啟蒙種子：原來我們已經被預期能夠去做那件事了，這感覺好比是在一面我們時常經過卻次次忽視的牆上發現了一道隱密的暗門——在此之前，僅僅是一個吻就足以滿足我對於親密行為的所有想像與渴望。

升學考試過後、成為準高中生的那個暑假，我們幾人經常到馬公國中附近的室內泳池游泳，而那一天，我們刻意不讓凱翔他們同行，只有我和宣婕兩人前去。抵達時泳池剛完成例行的消毒、清洗作業，正在重新注水。泳池管理員破例讓我們先入場，並告誡我們得等救生員到場才能下水。我們換好泳裝後，泳池仍未注滿水，也未見其他泳客，我們獨享著偌大的泳池，僅及腰際的池水如漲潮般以察覺不出的速度緩緩上升。宣婕擅長各式泳姿，毫不費力地在蛙式與自由式之間來回切換，游累了就在水中翻身、將胸部挺出水面呈仰式，閉起眼來慵懶地划手向後漂游。那會兒我剛學會換氣，總是遲緩地游在宣婕後頭，在水中透過霧濛濛的泳鏡看著前頭的她雙腿或上下踢水，或向外擴展再縮攏，大腿根部的肉褶與陰影隨之若隱若現。我特別喜歡看她游抵泳道盡頭時翻身洄游的一連串動作：身子在水下縮成一團、矯捷地翻轉一圈調頭轉向，接著曲起的雙腿像壓縮的彈簧般用力蹬牆，將自己彈射出去，向前伸展、貼合的雙臂宛如海豚的尖嘴。我們來回游了幾趟後，並肩攀附在池牆邊緩氣，冰涼的池水在我們胸際微微波動，兩人的雙腿騰離池底悠悠擺動著，不時磨蹭到彼此的大腿外側。當時已有寥寥幾個小孩進入泳池，在淺水區戲水。宣婕摘下泳鏡和泳帽，抓擰著溼漉漉、糾結纏亂的頭髮，接著肘撐池緣縱身躍出水面。她站上池畔後，歪著頭用掌根按壓耳朵將進水逼引出來，然後蹲下來將冰涼的嘴唇附在我耳邊悄聲說了句：「我在女更衣室等你。」她溫熱的聲息從我的耳朵竄入背脊，在那兒引起一陣顫動，我看著她遠去的背影——她那身小一號的連身泳衣在吸水後服貼地黏附在她的肌膚上，顯得更緊了——和她一路留在地板上的溼腳印，一時無法動彈。

「如果跟你，我覺得試看看也沒有什麼不可以。」宣婕某天談及那件禁忌之事時對我說道，此後我們便開始尋找合適的機會與地點付諸行動，就像是一對預謀犯案的鴛鴦大盜，而我倆單獨前去泳池這天正是預定的「犯罪日」。當時入場的泳客還不多，我順利溜進了女更衣室，當我一步步走向最深處那唯一一間關上門的淋浴間，內心確信宣婕在裡頭等我，並預期著我們即將在那兒一起完成的事情，我不禁激動地想著稍後當自己步出更衣室時，將蛻變成何等嶄新、不同的自己。接下來，在那狹小的淋浴間內發生的事情，可以說開始沒多久就結束了，因為有人突然進到對側的淋浴間沖洗，我們嚇得立刻停下動作，屏息望著彼此。宣婕在地板上用手肘撐起上身，有著魚鱗般黏滑觸感的雙腿緊貼在我腰際，此時我才留意到她的臉有多麼紅；她皺著眉，眼周仍留有一圈淡淡的泳鏡印痕，微微發顫的牙齒咬著縮攏、發白的下唇，露出略顯痛苦的凝固笑容——她臉上的表情仍是這般歷歷在目，彷彿僅是上一秒所見的視覺暫留。在等待那名不速之客離去的數分鐘裡，我們一動都不敢動，僅有的動靜是我們身體交合處那看不見的搏動與收縮，以及一道由宣婕臀下流出的血絲，它像條紅蛇般爬離宣婕的身體，在地板緩緩蛇行，最後鑽入了排水孔，就此絕跡。

那日從泳池回慈育的路上宣婕對我說起的事情，同那次性體驗的記憶混融在一塊兒，深深印在我的腦子裡。「剛剛我以為不會流血。」她在腳踏車後座說道，接著以一種幾近事不關己的冷靜語調講起她八歲時在寄養家庭的遭遇。寄養家庭那對夫婦育有一個大宣婕兩歲的男孩，而這男孩有個大他幾歲、住在附近的玩伴，時常會上門找男孩玩，而她很自然地跟男孩們玩在一塊兒。後來，男孩們會趁大人不注意或不在家時將她帶進房裡，玩起她當時不甚理解的遊戲，說是要教她「大人的事情」。我強忍著心中極不舒服的感覺，鼓起勇氣問宣婕當時那兩個男孩究竟在房內對她做了什麼。她表示他們對她做、要求她做了很多事情，只差沒有真的做了那件事，過程中兩男孩會輪流在門邊把風，事後則再三警告她絕不可將房內發生之事告訴大人，尤其是寄養家庭的男主人與定期來訪的社工。這種需要脫去衣服的遊戲持續了數週，她當時只感到有些奇怪，直到她長大一些，在電視新聞上看到有關性侵案件的報導後，回想起那兩個男孩的行為，才懂得自己受到不好的對待。最後大人們想必發現了此事，因為從某天起，那個鄰居家的男孩就不再來了，而她不久便被送回慈育。聽完宣婕這段過往，我奮力踩著腳踏車踏板、臉朝前直盯著路面，不想讓她見著我震驚、嫉恨又難受的表情。「本來以為說出來的時候我會哭。」她在我背後平靜地說道，接著說了句令我情緒頓時緩和下來的話：「我很高興我們做了，感覺不像變成大人，而是又變回小孩。」

在另一天——大概是我離澎的前幾天，暑假接近尾聲，我已確定要到臺中上高中，宣婕則留在澎湖——我同樣也是騎腳踏車載宣婕出門，陪她上服飾店買了她不久將穿上的高職制服後，我們離開馬公，往北騎了很長一段路，直至黃昏時分抵達白沙的尖嶼燈塔才停下。傷感的氣氛揮之不去，一路上我們沒說上幾句話，對於彼此前程的分歧與即將到來的別離都避而不談；我想當時任誰都沒把握我們日後能否再相見。我們在尖嶼燈塔旁倚著腳踏車靜靜看海，夜色以極快的速度向夕陽西沉處蔓延，映著晚霞的潮水正漸漸漫至岸邊，當下我內心隱隱有股難以言喻的感受，夾雜著不安與期待，感覺在當前人生的轉折點上，未來就像那勢不可擋的潮水般向我們湧來，必須極力站穩腳跟才不至被淹沒。

那天我們從白沙回到慈育時已相當晚了，裕民說焦急的生輔員到處找我們，以為我倆私奔去了。回程時，宣婕在腳踏車後座哭著與我提前話別，並表示我離澎那日她不打算去碼頭送我，而當天她果真一早就不見人影，直至我登船前一刻也未見到她最後一面。

第六章

當年法醫對母親的遺體進行解剖後，判定她是遭人扼喉致死，據此我曾反覆想像黃霖在家中浴室掐住母親脖子的畫面，以致這畫面像真實記憶般烙在我的腦海中，彷彿我確曾在場目睹他行兇的過程：母親和慣常一樣在浴室泡澡，此時黃霖突然返家，進入浴室接續為數天前令他氣得離家出走的某件事與她爭吵；他倆想必一見面就吵得很急、很兇，甚至不容母親從浴缸起身、穿上衣服。在衝突中的某一刻，他失控地上前用雙手狠狠掐住母親的脖子，力道之大，其指尖都嵌入她的肉裡，可能還一度將她奮命扭動的頭摁入水中。接下來的數十秒鐘，黃霖無視母親痛苦猙獰的面容、求饒的眼神與絕望的垂死掙扎，直至她四肢的抵抗趨緩，瞪大的雙眼停止顫動、黯然失神，而浴缸裡如沸騰般翻攪、噴濺的水歸於靜止之後，他才鬆開了雙手。那樣狠下心當著一個人的面——自己結髮多年、一絲不掛的妻子——將其活活掐死，是何等冷血無情、殘暴不仁，那當下黃霖內心蓄積的恨意與殺意該有多麼強烈……

我越是細想這幕殺人場景便越發覺得荒誕不經，難以相信此等情節確已發生——在我父母身上發生。

事發三個多月後，當我同佩晴姑姑前往澎湖監獄探監，在接見室的隔音窗後側見到黃霖時，我記得自己的目光不時落在他掐死母親的那雙手上，部分是為了迴避他的視線，另外更多則試圖找尋他手上未癒合的傷口或傷癒留下的疤痕，即母親氣絕之前抵死反抗的痕跡。

黃霖自首後遭羈押候審那幾個月，尹菲和我暫住於鳥嶼姑姑家，當時姑姑都是獨自前去看守所探視黃霖；並非我不願見他，我其實很想當面質問他對自己的惡行有何辯解或悔罪之詞，只不過姑姑都不讓我一塊兒去，確切來說是黃霖要求姑姑別帶我同去監所見他。每回姑姑從看守所回到鳥嶼，僅捎回一些有關審判期程的消息，至於我託她問黃霖的事情則多半石沉大海，未獲隻言片語的答覆。我曾懷疑姑姑對於黃霖的罪行及其動機知道些什麼隱情，只是出於某種原因對我隱瞞不語。有一回，姑姑在廚房做飯，我在旁不斷央求她帶我去見黃霖，好長一段時間她都板著臉對我不理不睬，突然間她放下手中的鍋鏟，轉身踱了幾步後扶著餐桌旁的一張椅子坐了下來，開始掩面而泣。當下我連忙為自己的胡鬧向姑姑道歉，倩好表姊和育興表哥聞聲而來，他們見狀也不知所措，只好先把我帶離廚房。那回見到姑姑情緒崩潰的模樣，我深切反省了一番，意識到那陣子姑姑獨力處理母親的後事、為黃霖的案件來回奔波於監所與法院，還得照顧我和尹菲這對無依兄妹，她心裡肯定承受著極大的壓力，自此我便不敢再為探監一事去煩擾她。直到後來，當尹菲和我即將離開島嶼至慈育生活時，姑姑才首次帶我去澎湖監獄見黃霖，當時他已確定因殺人罪遭判處一年徒刑。

那天，姑姑和我一早就搭船至澎湖本島，前往湖西那座像古代城池般設有層層圍牆與瞭望崗哨的澎湖監獄。進到接見室裡，我走在姑姑後頭，經過一個個猶如半開放式電話亭的接見窗口，前來探監的人坐在我這一側，拿著話筒與隔音窗另一側無聲的囚犯進行著旁人難以理解的半套對話。我們來到指定的窗口，一個身穿囚衣、頭髮剃得精光的男人背對我們坐在帶鐵欄杆的隔音窗後側候著，這一幕令我有種彷彿身為目擊證人前來指認嫌犯的感覺，頓時有些怯場，一度希望他別轉過身來——得以此種無須面對面的方式與他進行交談。姑姑和我坐定後，黃霖面前那位戒護人員示意他轉身，他一見我就露出錯愕的表情，隨即垂下頭去懊喪著臉，顯然是沒料到我會跟著姑姑前來探監。那無疑是張殺人犯的臉，沒有半點蒙冤之相。

姑姑先拿起了話筒，隔音窗後頭的黃霖抬頭看了看姑姑，遲疑了好一會兒才無奈地拿起他那側的話筒。

「我知道你說過不要帶翊軒來，」姑姑微慍地對黃霖說道，似乎對他畏縮怯懦的態度感到不滿，「過幾天他就要去育幼院了，你如果想好了，有什麼話要跟他說，就現在說吧。」

黃霖斷斷續續開口說了幾句話，我在一旁等著姑姑回應，以猜測他對姑姑說了什麼。他說話時兩眼直盯著桌面，僅在話語間隙抬眼瞥向姑姑，而我正是在此時注意起他擱在桌上的那隻手：手背、手腕乃至肘部皆無明顯可見的傷疤；或許母親瀕死之際在他身上留下的抓傷皆已癒合，抑或母親在極度痛苦中實無任何反抗之力。黃霖發覺我盯著他的手瞧，立刻將那隻手縮到桌面下。

「在馬公，離他的新學校近……」姑姑就著話筒應道，可能是回答他關於育幼院的問題。「我不知道，他們沒說這麼清楚。」

接著，姑姑不知聽黃霖說了什麼話後便直搖頭，面露落寞的神色。有好一會兒，她默不作聲地聽黃霖講話，也許是無話可說，也可能是黃霖要她只聽不應，以免讓我聽出他們的談話內容。

「今天你不在裡面，我就不用替你擔心這些事。你怎麼就沒想過事情會變成這樣子？」姑姑怨聲說道，隨即將話筒從耳邊拿開，擱到自己的大腿上，似乎再無法忍受聽黃霖多說一句話。

「你有什麼話，可以直接跟你爸說。」她把話筒塞到我手中，然後將座位往旁邊挪、騰出位置給我。

黃霖望著我，神色略顯慌張，彷彿我握在手中的話筒是某種危險之物，而他不希望我將它拿近身。這是我們隔窗對坐以來，兩人頭一次對視那麼長時間。我將話筒貼到耳邊，從那裡頭聽到黃霖那略慢於他說話口型的延遲聲音，有一刻我感覺坐在隔音窗後頭那人並不是他本人，而僅僅是他的錄像。我感到極為尷尬，不僅僅因為我倆在母親死後首次對質，也因姑姑方才對他動怒所遺留的凝結氣氛。

「翊軒，我不知道怎麼說……你姑姑沒辦法一直照顧你，只能讓你去住育幼院。」他看了姑姑一眼，沉默了片刻後，對著我懺悔道：「我很不應該，不應該在那時候跑掉，讓你回家看到你媽那個樣子……。」

「你只後悔這個？不後悔殺了她？」我對自己毫不客氣的質問口氣感到詫異，同時想到我們的對話可能正被人監聽著，而監聽者對於這類「殺啊、死的」駭人聽聞之事或許早已見怪不怪。

他張嘴欲言又止，嘴唇微微顫抖起來，看似就要抑制不住湧至嘴邊的哭意，我見狀也不免有些哽咽。

「你們到底怎麼了？」我追問道：「你跑出去好多天都找不到人，然後媽媽突然就死了。」

「我不知道自己在做什麼，怎麼做得出來……我根本不該回去，只要我不回去就好了。」他嘴角沾著唾沫星子，雙眼發紅、眼神渙散地盯著我們之間那面隔音玻璃，像是陷入回憶之中。

隨後，我們無語相望，好一會兒誰也沒開口說話。在此之前我曾想過，他奪走了一條人命，而這樣的行為肯定也奪走了他自己人格中某些一經喪失便無法回復的東西，使他由內而外發生根本的變化——變得人不像人。然而見到了他，我發現他除了剃去頭髮、模樣略顯憔悴外，似乎看不出其他特別顯著的變化；他仍是個大活人，而母親已不再是人。想到事已至此、說什麼也無法挽回母親的性命，我內心霎時生出一股強烈的憎惡感，幾乎無法忍受再多看他一眼。

「我再讀一年書就畢業了，我可以去工作，之後我會一個人照顧尹菲。」說完我便放下話筒，起身掙脫姑姑的阻攔，頭也不回地邁出接見室。

當時我對黃霖撂下最後那幾句話，多少含著與他就此斷絕關係、徹底決裂的意味，宣示著我與尹菲的人生從此與他再無半點瓜葛。那會兒，我一心思慮著如何讓自己不成為任何人的負擔，更重要的是如何承擔起尹菲今後的漫漫人生、獨力將她養育成人，絲毫沒料想過我們兄妹倆可能會被拆散，且二人之間還將遠隔大洋與國界。

那日走出監獄大門後，姑姑沒有對我在接見室突然離席的行徑表示什麼，也未提及我離去之後黃霖與她還說了哪些話，兩人就那樣一語不發地沿著監獄外牆走至二〇三縣道上的公車站牌；現在回想起來，那段路我們走了特別、特別久，感覺要比實際距離遠上許多。當我們在岐頭碼頭候船回鳥嶼時，姑姑向港口小販買了支仙人掌口味的冰棒給我，接著在登船處的港岸邊語重心長地對我說了段話。她說有些事情已成定局，怪誰也改變不了，從今往後，我們所有人的生活——包括她自己和黃霖的生活——都不會再和過去一樣，但有一點永遠不會變：我們仍舊是彼此的家人。我裝作滿不在乎的樣子聽姑姑說這番話，眼睛直盯著自己手上那還一口未嘗、在正午陽光下融得極快的冰棒。冰棒化下來的冰液淌到我的手指上，我忍受著那灼人的冰凍感，直至手指麻木、失去知覺。我不曉得自己今後的人生將何去何從，但無論如何我都無法想像黃霖可能再走進我與尹菲的生命中。

◆

返澎第三天，我在岐頭碼頭搭上了往返鳥嶼的交通船。這天我提早抵達碼頭，在交通船上等候發船，船長和我閒聊幾句後，便在岸邊忙著用起重機將一籃籃雞蛋、飲料等生活補給品吊入船艙。幾個看上去應是鳥嶼村民的乘客陸續登船，他們彼此相識，且不約而同坐到我對側那排座位，其中一人好意提醒我坐在船身的迎風側容易被海水濺溼衣服。我一度想著，黃霖出獄後若非住在湖西老家，則不無可能回到他從小生長的鳥嶼另尋安身之處。船開後，在十多分鐘的航程裡，我遙想起當年同佩晴姑姑去探監的情景，以及那天回程時姑姑在碼頭和我說的那些話；當鳥嶼浮現在左前方的海面時，我感覺自己彷彿真回到了過去那一天，彼時心中那份深切的徬徨感亦伴隨回憶而至。

我已有許多年未與姑姑聯絡，無法確定她是否仍居住在鳥嶼，不過島上肯定還能找著一個人——長眠於此的母親。

船一靠岸，碼頭上幾個提著釣竿的青年便上前和船長攀談，他們打算搭下午的返程船班到澎湖本島釣魚。有兩個老婦坐在碼頭遮棚下打量著下船的乘客，卻不像是在等誰。漁港周圍便是島上的聚落所在，當地居民本就不多，值此時節來澎湖觀光的遊客漸少，會登上這座小離島的人就更少了。港口附近幾家小店面都沒有營業，僅漁具整補場旁的小雜貨店有開門，幼時我們每每登島探望奶奶，她總會牽著我上這鋪子給我買糖吃，當時店主所養的一隻大黃狗老趴在店門口昏睡，而自從奶奶於我九歲那年去世後，我在鳥嶼似乎就再也沒見過這隻狗。港邊有幾個戴著潛水呼吸管的孩子剛從海裡爬上岸來，其中一人似乎從水中拾獲什麼稀奇東西，他的同伴們個個都圍上前察看；我想起以前育興表哥常會帶我同島上一些孩子來港口「跳港」，比誰跳得遠，也比誰的跳水姿勢花樣多。

走入村中錯落的小巷，我沒有急著上姑姑家去，而是穿過寧謐的村落、踏上東部那片可將鳥嶼村盡收眼底的玄武岩高地（島上的公墓區）尋找母親的葬身處。

就我記憶所及，母親葬於鳥嶼的東北岸，離姑姑家只消數分鐘的路程；在這墓地面積占比逾半的小島，居民生活與死後長眠的地方是如此接近。那年夏天住在姑姑家，夜裡聽著微弱的陣陣海潮聲，我時常想像母親會趁夜闌人靜之時從地底爬出、下到村莊來四處遊蕩，直到黎明前一刻才像歸巢的鳥兒般躺回那片墳土之下。如今再次登島，我感覺母親已與這座小島融為一體、成為了這座島，不論我腳踩何處，她就在我的腳下，近在咫尺。我穿過高地上那片幾無綠意的旱草原，沿途只有零星幾株氣息奄奄的天人菊在勁風中綻放秋天最後一抹餘彩，枯草叢中見有一些不起眼的疊石堆與看不清銘文的斷碑殘墓，每經過一處，我都停下腳步仔細察看一番。我已記不清母親墓塚的確切位置，印象中她就葬在離岸不遠處，從那兒可隔海望見那座形似富士山、退潮時便與鳥嶼相連的南面掛嶼。我突然發覺自己記不起母親的生日，不過絲毫未忘她的忌日——那一天我們所有人的人生就此轉向，而她則失去了人生。

我沒有找著母親的墓，只得返回村子。進入村莊，我在一所宅子外見著一個滿面皺紋、皮膚曬得極黑的老嫗，她在無蔭處席地而坐，兩眼怔怔地盯著面前的空氣與陽光，當我從旁經過時也紋絲不動，看也沒看我一眼，彷彿我是一縷不存在的幽魂——或者該說不存在的人更像是她。隨後，我在鳥嶼國小附近遇上一群聚在一塊兒嬉戲的小孩，其中年齡最長的女孩見我迷途的模樣，便問我是不是在找去往港口的路。我向她表示自己是來拜訪一位住在島上的親戚，我一講出佩晴姑姑的名字，她就將一個和大夥兒玩得正起勁的小男孩喊到跟前：「廷鈞，他要找你阿嬤。」。我一問之下，得知這個名叫廷鈞的八歲男童是育興表哥的兒子。真奇妙，我回澎湖碰到的第一個親人，竟是個在過去還不存在的孩子。廷鈞雖不解何以我認識他的奶奶與父親但他卻從未見過我，不過仍自告奮勇地為我帶路，邊走我邊問他有什麼人在家，從他口中探知表哥一家平時住在馬公，恰巧近日登島探望姑姑和姑丈。他沒有提到黃霖或可能是黃霖的人。姑丈在家這點倒挺令我意外，過去姑姑與姑丈雖未離婚，但兩人長年分居；據黃霖所說，姑丈同大表哥居住在臺灣，我只在年紀很小的時候見過他們，過去就連育興表哥也對他的父兄印象模糊。姑姑可說是獨自將育興表哥和倩妤表姊帶大。從前我便曉得姑姑家的經濟狀況並不優裕，因此當年姑姑婉言無法繼續收留我和尹菲、須將我們交由社福機構安置時，我心裡對姑姑毫無半句怨言。

姑姑家門外的網架上曬著小卷和小章魚乾，廷鈞臨門踮起腳尖戳了戳架上蜷曲的章魚腳後才溜進屋內，一進門他就大喊幾聲「阿嬤」，在屋裡掀起一陣騷動。客廳裡只見育興表哥坐在沙發上看電視，這時鈞廷回頭指著站在門口的我，說不清我的身分。表哥見兒子領了個人回家一時愣住，沒有立刻認出我來。一個我不認得的女人從廚房走出來，朝廷鈞喝斥：「跟你說過不要老是大吼大叫。」聽語氣八成是廷鈞的媽媽。不一會兒，表哥驚呼一聲，認出了我，上前把我仔細瞅個遍，激動得幾乎就要將我給摟住了。

「我剛跟你兒子在聊，他應該叫我『叔叔』，還是叫什麼。」我說。

「叫叔叔，對吧？」表哥轉頭對一臉疑惑的表嫂說道：「這就是我那個一直找不到的表弟，舅舅的兒子。」

表嫂聽後露出瞭然的神情，而廷鈞也似乎終於弄懂了我們幾人之間的關係。顯然，屋裡除我以外的每個人都與出了獄的黃霖接觸、相處過。

姑姑和姑丈到村長家串門子去了，等表嫂去叫他們回家那會兒，我在屋外向表哥問起姑丈的事，他說從幾年前開始，他回到島嶼就常見到姑丈和姑姑住在一塊兒，「可能人老了比較怕孤單。」至於大表哥，他近年仍很少見著，連姑丈也說不清他的生活近況，只知他長年在中國工作，尚未結婚。倩妤表姊嫁到屏東有十年了，生了兩個女兒，據說是對長得極像、常令人搞混的雙胞胎。育興表哥和表嫂過去在馬公經營一間日式料理餐廳，前不久才將店面重新裝修、改營咖啡館。

「我媽知道你來，一定馬上跑回來。」表哥點了支菸，並作勢遞菸盒給我。

「我以前怎麼沒有看過舅公跟你一起？」廷鈞衝我問道，他從方才就跨著那輛對他而言已嫌小的兒童單車在我們面前滑來滑去，可看出他知道黃霖是我父親以後，對我起了很大的興趣，更加肆無忌憚地打量我。

「沒看過，你還把人家帶回來。」表哥對他這個一點也不怕生的兒子說道。「啊你還記得舅公喔。」

「記得啊，以前舅公會跟我玩。」

廷鈞這番話使我想起過去黃霖與表哥、表姊都處得很熟絡，不太會在晚輩面前擺出大人的姿態，看來經過十多年，這一點仍沒變。

「我爸……他出來很久了？」我婉轉地問表哥，避免使用「出獄」這個字眼，心想廷鈞可能不曉得黃霖曾坐過牢。

「六、七年了吧，但他人不在澎湖。大概四年前就去臺灣。本來在桃園，去年過年他有回來，那時候說是在宜蘭工作。」

接著，表哥和我說起了黃霖剛出獄更生那會兒險些「走偏」的事——彷彿他的人生未早在十多年前就偏離正軌：他出獄後沒有回頭做木工，在外找工作卻因蹲過牢而屢屢碰壁，當時他在獄中結交的朋友便試圖拉他入夥從事跟毒品有關的勾當，所幸他懸崖勒馬、回絕了獄友，隨即找上表哥幫忙介紹工作。後來，表哥透過表嫂友人的關係，替黃霖在白沙一所老人長照機構謀了份做雜務的工作，他在那兒幹了一年多後，說是想換個地方生活，便獨自前往臺灣。

「我們有找過你，」表哥說：「舅舅出來後，他跟我媽有一起去你以前住的育幼院問，但他們說找不到資料了，也不知道你人在哪裡。舅舅說你想回來的時候自然就會回來。」

「他有沒有提起過以前……提過我們家的事？」我盡可能故作淡然地問道。

「以前？」表哥將抽到剩一指節的菸扔在地上踩熄，花了幾秒鐘思考我可能想問什麼。「我們不太跟他提過去的事，他自己也不會講，至少不會跟我講。」

表哥語畢臉上露出一抹像是歉疚的神情，同時氣氛也變得稍許尷尬。他是否擔心對我說的這些事會令我不快？即黃霖如何重新適應監獄外頭的生活，以及姑姑一家與他一如既往的關係……好似他已在獄中贖清了過去的罪愆。不可否認，我心中確有微詞，不過我並不希望表哥為此感到困窘。

此時，巷子前頭的拐角處傳來急促的腳步聲，姑姑還真如表哥所料那般邁大步趕回家來，而姑丈和表嫂緊跟其後，似乎不想錯過我們姑姪二人久別重逢的場面。姑姑比黃霖年長四歲，在我離澎之時她已年屆四十，過了十多年，卻未見她比當年蒼老多少，只明顯感到她的眼神中少了過往那堅毅的銳光，許是被歲月給磨平了。姑姑熱情地拉我進門，一下子問了我許多問題，諸如我在何處落腳生活、是否娶妻生子以及我這十多年來的去向。

「妳一回來就抓著人家問東問西。」表哥打斷了姑姑，「舅舅去年回來不是說他在宜蘭，妳知不知道地址?連電話一起寫給翊軒。」

「是我帶叔叔回來的。」廷鈞站在沙發上倚著姑丈的肩，邀功似地說道。

「啊對，你現在住台北，離宜蘭很近。」姑姑拿出手機查看，隨後又到家中電話機旁的紙冊書報堆裡抽出一本小簿子翻找，過了一會兒她突然停下手邊動作、抬頭看了我一眼，隨即闔上了簿子；那一眼，姑姑好像看透了我，看見我曾經是、如今有某部分仍舊是的那個十四歲男孩。「不急不急，晚點再找給你。」

「我有回湖西去看以前的房子，好像很久沒人住。」我對姑姑說道。

「房子空在那邊很久了，幾年前你爸有回去住一陣子。」姑姑說。

「我有去過舅公家。有很多蟑螂。」廷鈞插嘴道，被表嫂猛噴一聲。

「房子鑰匙還放我這邊，」姑姑說，「你爸說你可能哪天會回來，怕你找不到家，就一直沒賣房。」

「你這次回來要待多久?」表哥看了表嫂一眼後對我說：「你家很久沒住人，可能要整理一下，你可以先來住我家，在孔廟那附近。」

「沒關係，我就住馬公的飯店，回來待幾天而已。」我婉拒了表哥的好意，轉向姑姑說：「我想去看看我媽的墓。」

姑姑領著我朝東半島走，一路上我暗自盤算如何問起那些可能在她以為已然遠逝而不宜再提起的往事，有關我父母當年為何事爭吵，以致黃霖負氣離家多日仍未氣消、更返家殺害母親；縱使姑姑當年不知內情，在這十多年內，黃霖大有可能已在某一刻對她和盤托出——可能是姑姑前去探監之時，或是他出獄以後。母親的墓離我方才尋墓的位置不遠，只隔了一個小丘，一見著母親長年累月飽受風化的墓碑，我腦中立刻浮現當年母親在此下葬的情景。姑姑彎下腰拂去墓碑上枯黃的莖蔓與塵土，告訴我黃霖甫出獄便問起母親葬於何處，那兩、三年都是由他為母親掃墓。

姑姑從帆布袋中取出幾支香來，在吹拂不歇的海風下一直點不著，於是我湊上前用雙手攏住她手中的打火機。

「你爸變了很多。」姑姑說道，成功點燃了香。

為母親捻香時，我心裡納悶姑姑所說的「變」是何意。變成什麼樣的人？假若他能從頭來過，就不會做出他已經做過的事情？

「我已經想不太起來他本來是怎樣的人。」我說。

「話沒以前多了。」姑姑抬手附額遮陽，盯著母親的碑文說道：「你可能還怪你爸。姑姑知道他做的事情，不是坐牢就可以原諒，但人出來了，不管原不原諒，日子還是要過下去。」

「我聽育興說，他有找過我。他有沒有找過我妹妹尹菲？」

我將尹菲在美國透過澎湖縣府聯絡上我並且不日將要來臺的事情告訴了姑姑。

「我沒有接到縣府的電話。你爸有沒有接到，我就不知道了。」

我從姑姑聽聞尹菲之事所表現出的平淡反應與微妙的臉色變化中，察覺出一絲細微卻耐人尋味的異樣——儘管可能只是我自身心理暗示的作用——使某一猜想，由長年來在我心中孳生、發酵的種種推論與假設之中突顯而出，有了定斷的確信。

「姑姑，有件事我想問妳，我覺得妳可能知道……」我停頓了一會兒，斟酌著措辭，然後一股勁兒提出我的推論：「尹菲不是我爸親生的，對嗎？」

姑姑不動聲色地看著我，使我以為風大的關係，她可能沒聽清我的話。我沒把握再問一遍，並為自己方才所問之事感到難堪。

「你什麼時候知道的？」姑姑沉默一會兒後開口道，面露遲來的詫異表情，「你媽媽有跟你說過？」。

「沒有。我自己猜的。」

為人子女，自然不會平白無故懷疑父母外遇，但有天你的父母其中一人莫名其妙死於另一人之手，當此等不可想像之事真真確確地發生且事後無一解釋之下，你便會朝各種可能性去著想，哪怕它們有多麼離奇。一個跑社會線新聞的記者友人曾向我透露，在殺妻、弒夫這類社會案件中十有八九為情殺案，而我成年以後也漸漸理解到成年人的世界一點也不單純，尤其是情慾之事；再說，尹菲出生不久家中就發生那樣的事，我自然聯想過尹菲可能是母親外遇所生，不過在此之前，這僅僅是個無法證實、隨時可被其他猜想推翻的猜想，畢竟這種事當真要置於自己母親、妹妹身上去想，實非易事。因此，當我心中的臆測由姑姑口中得到印證時，那如我所料的真相仍令我大為震驚。

「這件事可以確定嗎？我爸親口聽我媽說的？」我問道。

「孩子生出來你爸才發現。後來法院在判的時候有驗過ＤＮＡ，不是他的。」

「那個時候為什麼都不告訴我？」

「你還小，這種事也不知道怎麼跟你講。」

我望著母親的墓碑，試著在腦中喚出她的臉龐。她若還活著、還能夠在意世事的話，是否也不願讓我知道此事？

「那我媽是跟誰……尹菲的爸爸是誰？那個人知道我媽死了嗎？」

「是誰，你爸也不知道。」

我告訴姑姑自己想繞島走走、多吹會兒風，她便先行返家。我別過母親的墓，沿著水泥步道行至鳥嶼至東、至高處那座踞於陡峭海崖上的燈塔，望著萬里晴空與底下藍綠色的大海，許久無法平復紛亂如麻的心緒。返程途中，經過島上那個巨大的垃圾掩埋坑時，我駐足了片刻，當年我聽姑姑說過，黃霖向鳥嶼派出所投案時供稱，他前一天殺害母親後乘船上島就一直躲在這坑裡，獨自待了整整一夜才前去自首。

遲了十多年，我總算對當年的家變有了點頭緒。知道尹菲的身世之後，我首回感到自己在命運之前不再像過去那般聽之任之卻始終不明就裡，活像實驗室中被放到顯微鏡下觀察的微生物，其生長與消亡皆由實驗者所控制而毫不自知。既定的前塵往事任誰也無可奈何，但此刻回首過去，我終於能試著理解當年黃霖離家出走之前在我房門口駐足時的心境，他大概就是在當晚發現了母親的背叛與欺瞞；而母親盼他返家那幾日內心的愁緒與煎熬，我也開始能夠體會。與此同時，我發現自己無法再想像，我們一家四口的命運於過去那一分歧點上如何能有另番走向，昔日那些對過去的妄想，盡由一份透著悲哀的命定感所取代：過去的一切——黃霖的罪行、母親的死亡和尹菲的出養——都在在顯得必然而無可避免。

第七章

我在鳥嶼度過了難以成眠的一夜，翌日清早姑姑送我到碼頭搭船時，將湖西老家的鑰匙和黃霖的聯絡方式一併給了我，並叮囑我離澎以前要回鳥嶼為母親辦一件事。

這天凱翔約了我碰面，我在岐頭碼頭一下船就坐上他的車。凱翔一路往南開，我原想請他繞道湖西，拿著家門鑰匙進屋瞧瞧，但念頭一轉，決定等尹菲抵澎後再同她一起回家。

凱翔說要先去澎南接一位朋友，未言明此人我也認識，直到車子開抵山水沙灘時，他才透露我們要等的人是宣婕。當下我可一點也高興不起來，雖說從他口中得知宣婕也在島上後，我確實想過此次回澎可與她見上一面，不過多年未見，我們各自肯定都有很大的變化——且說我的相貌就比她記憶中那青澀的十五歲少年足足老上十五歲——我隱隱預感去發掘彼此身上的變化、翻新兩人相互間的記憶未必是件好事。

凱翔將車子停在一間出租水上活動裝備的店面前，不一會兒我們透過車內後視鏡瞧見一男兩女手夾衝浪板從沙灘的方向一道走來，而凱翔遠遠就認出那一行人中走在最前頭的就是宣婕。宣婕留了頭耳下中短髮，連身防寒衣的前胸拉鍊下拉至心窩下緣，露出深藍色比基尼，修長而緊實的雙腿曬成均勻的小麥色，一腿膝下仍繫著衝浪腳繩。親眼見到她，我立刻能大概理解凱翔先前形容她變得「很不一樣」，指的可能是什麼意思。

宣婕認出了凱翔的車，走近後將衝浪板立在車尾處，接著繞到凱翔那側車門，彎身探近半開的車窗。

「你真的回來了，」她越過凱翔驚異地看著坐在副駕駛座的我，幾粒快要滴落的水珠在她的髮梢勉力抵抗著地心引力，「我剛聽到還以為這傢伙在亂說。」

「她還抱怨你回來居然是先找我，說以前你跟她交情比較好。」凱翔對我說道。

宣婕同友人進到那間店內歸還租借的衝浪板，出來時換了身短版細肩帶背心和牛仔短褲，她向友人道別後便鑽進車後座，一股混合了海水與她體膚的氣味也跟著飄進車內。她坐在凱翔正後方，後視鏡裡的她抓擰著耳側仍未乾透的頭髮，透過同一面後視鏡生澀地對我淺淺一笑。她的笑眸——真奇特，一個人竟會緬懷起近在眼前的事物。那一瞬間，我真希望自己能懂她，像以前那樣懂她。

「這是你第一次回來嗎？從你去臺灣唸書以後。」車子發動北駛後，宣婕手扶駕駛座的椅背湊向前座問道，此時我留意到她左手背上那塊我曾經非常熟悉的燒燙傷疤，顏色沒有變深也沒有變淡。

「還真是第一次。」我看向凱翔答道，宣婕突然靠得這麼近，使我一時不敢直視她的眼睛。

「怎麼突然想回來？他只跟我說你昨天去鳥嶼。」

「我沒跟妳說嗎？」凱翔盯著車前路況說道：「翊軒的妹妹要從美國回來。」

「妹妹……是被美國人收養那個妹妹？」

「對，我們最近聯絡上了，她明天就到臺灣，後天要來澎湖。」我說。

「哇，是不是很開心！」宣婕興奮地說：「我忘記妹妹叫什麼了，你有她現在的照片嗎？我記得那時候她還好小好小。」

我拿出手機，給他倆看尹菲的近照。

「都這麼大了！青春的臉蛋耶，好羨慕。」宣婕看著尹菲的照片欣羨地嘆道：「突然覺得我好老，而且我今天沒化妝。」

「小姐妳幾歲了，跟人家高中生比。」凱翔說，趁停等紅燈時湊過來細瞧尹菲的照片。

「是不是在國外長大的關係，怎麼看起來跟你沒有很像。」

凱翔隨口說的這番話使我更加猶疑是否要將我昨日在烏嶼獲知的事情告訴他們：我與尹菲是同母異父的兄妹，長得不太像其實不足為怪。最後，我未接話，結束了此一話題。

宣婕去年在東衛買了房，她邀我們上她家嘗嘗她的拿手菜——小管麵線。前往東衛的路上，宣婕在車裡和我們講了許多她在飯店櫃臺工作碰上的奇人異事：有個男導遊經常帶團內的遊客上飯店開房，其中不乏外國人，而且有女有男；另一名常客是個人夫，有回他一改往常帶了個情婦上門，宣婕當他倆的面脫口說了半句話「又帶（老婆來）……」並及時打住，險些毀了一段婚外情；亦有人妻帶著大隊人馬前去抓姦，使盡手段逼問她老公入住的房號；前陣子宣婕還碰到一對明顯未成年的小情侶，兩人被識破謊報年齡後才悻悻然離去。她表示做這份工作得夠機靈才行，還形容自己像個心理醫生，得替住客保守不可告人的祕密。

宣婕家位於東衛水庫東側，是棟新建不久的兩層樓透天厝，鄰近她所任職的海衛飯店。一樓客廳沙發背牆上有塊由森林與雪峰交襯的風景掛布，旁邊還掛了些原木鑲框的照片，多數是宣婕與其友人在臺灣和香港的海灘所攝。電視櫃旁擺了個橡木紋書櫃，最上層放了某職棒隊的紀念球與簽名球，中層藏書中有一本特別引起了我的注意——莒哈絲的遲暮之作《情人》，全書僅最後一頁有摺角，那頁寫的便是作者那位闊別多年的初戀情人在電話中對她的永恆告白。

「你妹的養父、養母也會來，你有幫他們訂房了嗎？」宣婕從廚房探出頭來對我問道，她到家沖過澡後就在廚房忙著料理我們三人的午餐。

「我忘了，湖西的房子應該沒水沒電，沒辦法讓他們住。我趕緊來找。」我說。

「我可以推薦幾間不錯的旅館跟民宿。我那飯店千萬別去。」

「她那裡真的不推，」凱翔說道，他將電視臺都轉過一輪後仍找不到感興趣的節目，便把遙控器遞給我，「我跟我老婆去住過一次，裡面沒有外面看起來那麼新。」

我們三人能聚在這樣一棟屋子裡閒聊，突然讓我想起過去我們同住慈育的時光。現下均已成年的我們變得多麼不同啊，但在那個當下又覺得我們同樣是昔日那三個中學生，彷彿十多年的歲月未曾改變我們一絲一毫。

「你妹回來有打算一直住下來嗎？在臺灣生活。」凱翔問道。

「她在美國有她的生活，應該只是回來見一見親人，看看她出生的地方。」

宣婕將一大盤煮好的小管義大利麵端到客廳來（她返家發現麵線沒了，只好改做義大利麵），然後坐到我對面的小矮凳上。

「你這次回來也只是待幾天而已吧？」宣婕為我盛了一大碗麵，「你妹回美國，你就回臺北了。」

「對啊，假休完就要回去上班，我在這邊也沒有生活。」

「對了，」凱翔突然對宣婕提道：「上次跟小裕吃飯你們不是有聊到……妳跟小裕高職畢業旅行去臺灣的時候，本來打算去翊軒的高中找他。」

「有這件事？」我看著宣婕問道。

「真的有，」她愣了一下，然後輕描淡寫地說：「但那天太趕了，我們到你學校的時候都放學了。」

當天下午宣婕有排班，凱翔和我在她家用完餐後就先行告退。離去之前，我去了趟二樓的廁所，那裡頭仍留有宣婕稍早沖澡後換下的衣褲和沐浴乳的香氣。我從廁所出來，在過道碰上了宣婕，她迎面對我靦腆一笑，側身為我讓道時順手將滑落左肩的背心肩帶拉回原位（那兒是一道由肩上延伸至鎖骨、顯有色差的細條狀皮膚）；在近距離獨處的那瞬間，我感覺她似乎也有話想說，只是很快我們就錯身而過。

或許是凱翔在場的緣故，或是遠逝的年少往事已不可追，與宣婕重逢這天，我倆都未提及從前那段舊情的點滴。不過聽聞宣婕曾到臺中找我一事，使我不免有些在意。我至今依然清晰記得當年坐在那艘即將駛離澎湖的船上盯著手裡赴臺的單程船票，心中不無酸澀地想著，宣婕與我就此邁入了各自人生的新一階段、乃至人生更後頭那勢必日益分歧的渺渺前程，我們將在不同地方碰上許許多多形形色色的人，而這些人將會像掩土般把此段初戀深埋於我們心底，使之漸成一段不足為惜的塵封往事。現在我不禁想，當年我們分隔兩地後若曾試著保持聯絡，那麼彼此對昔日那段戀情的記憶興許會有異於今時的面貌；或許我們的故事得以別種方式、在遲些時候落幕，或者——儘管不大可能——迄今未止。

◆

從東衛回到飯店，我睡了午覺補眠，醒來後打開電腦收信。尹菲在電郵中表示他們一家即將登機啟程來臺，她知道我人已在澎湖，問及家中能否找著我們父母的相片。尹菲一直挺想知道他們的相貌，只不過我手邊既無他們的照片，也難憑模糊的記憶訴諸言語形容。如今，我已知曉黃霖並非她的生父，即便能在家中找到他的相片，也實在不應拿給她看。

自從我們首回跨海通話後，我一直希望可以矯正尹菲的認知，告訴她母親真正的死因——不是病故，而是在家中遭害——卻一拖再拖、遲遲開不了口，而今我得知母親之死極可能與尹菲的身世有關，則又多了件難以啟齒的事要瞞著她。她自小就活在泰勒夫婦所編織的謊言中，原以為自己是棄嬰，直至近年才一改此番認知，知道自己在臺灣有過家庭。而今，她一旦知曉自己是生母婚外所生，是否會覺得自己在好不容易尋到的原生家庭之中依舊是個被厭棄的孩子？她對我這個同母異父的哥哥又將如何改觀？

事實上，我自己一時也不知如何看待母親外遇一事（佩晴姑姑稱黃霖與尹菲曾做過親子鑑定，此事想必錯不了），自從在鳥嶼確知過往內情後，我便開始有種說不上是生理還是心理面的不適感，好似一種發於肺腑深處的過敏反應。長久以來，母親的死在我認知中都毫無道理可言，僅可歸咎於黃霖瘋狂而荒誕的犯行，如今看來，母親在這起情殺案中似乎難謂全然無辜；這麼說固然苛刻，但當時我腦中委實充斥這般想法。我無從想像黃霖發現尹菲不是他親生女兒時內心有多麼憤恨，但當我得知母親在我們家庭之外竟還有著深藏的另一面——她與尹菲生父的婚外情可能早在有尹菲之前就已祕密持續多年，或許她還曾動念為這個男人離開黃霖、離開我們——我多少可以體會那種遭受至親之人欺瞞、背叛的感受。那日在烏嶼，我便開始試圖從記憶中搜索母親私生活的蛛絲馬跡，而在此番深思細索之下，她過去那些獨留家中的白天、遲歸的夜晚與單獨赴臺的遠行都變得極為可疑。我一一回想母親身邊往來的男性：老家附近相熟的鄰居、鋼琴教室的學生家長、過去工作認識的同事、黃霖的男性友人等等，我是否曾無意間撞見其中某人與母親有過非同尋常的獨處、過從甚密的接觸或是含情脈脈的對視？思及此處，我發現自己實難接續想像母親與當中任一人有染的情節，也無法從那些已然模糊的面孔中辨認出一張與尹菲相像的臉。

姑姑說黃霖也不曉得尹菲的生父是誰，那是實話嗎？即便他沒從母親口中問出那男人的身分，他自己心裡肯定也會有懷疑的對象，甚或他與母親發生爭吵憤而離家那幾日，可能就是去找那人對質。想到這兒，我腦中冒出一個難以打消的可怕想法：他當年若真找上了母親的情夫，在妒恨的驅使下他肯定不會輕饒此人，一如彼時他未嘗饒過母親……，有沒有可能，當年被害的不只母親一人？

我很快發覺，烏嶼之行所獲悉的這層真相，非但沒有使我更加瞭解自己的父母，反倒牽扯出更多不可解的疑團。

這天接近午夜，正當我在飯店附近那間小酒吧昏暗的角落醉茫茫地胡亂想著這些不可能想明白的事情時，手機螢幕彈出了宣婕所傳的訊息（我們白天分別之際留了彼此的聯絡方式）：「雖然很久沒見，但你有心事的樣子還是很容易看出來，是不是在島嶼碰到什麼事沒有跟我們說？」我在吧檯轉角磕了一下、踉踉蹌蹌地邁出酒吧，沿夜裡闃無人車的街道逆風晃至港邊，在那兒給宣婕撥了通電話，藉著酒勁直言我想見她。

◆

「你昨晚打電話給我的時候，是不是喝醉了。」

近午時，我一睡醒便匆匆前赴北辰市場與宣婕碰頭，那會兒宿醉感仍像件溼答答、沉甸甸的大衣緊裹於身，太陽穴在陽光下隱隱脹痛，嘴裡還能嘗到一股酒氣與嘔吐物混合的苦味，奇怪的是我絲毫記不起自己昨晚曾在哪兒吐過。幸好我還記得曾在電話中約宣婕碰面一事，不過回想起來甚是對自己失儀的醉態感到羞愧。

午間的市場仍相當熱鬧，宣婕穿了身無袖藍底碎花洋裝，配上一頂帶黑色綁結的遮陽草帽，及踝的裙襬下踩著平底涼鞋，露出酒紅色的腳趾甲，這身裝扮在人群中挺為顯眼。我跟在她後頭穿行於人潮與攤販之間，注意到她頸背上的皮膚有輕微紅腫，可能是在海邊曬傷了。這天宣婕休假，受人之託採買一些蔬果食材帶去西嶼——她的友人在西嶼經營一間民宿，有時會請她過去幫忙打理庶務——她昨晚在電話上聽了我的聲音便邀我同行。待她買齊東西後，我們在市場窄巷內的小吃攤用了午餐，飯後她在店門口抽起了電子菸，從她吐出的菸霧中可以聞到一股淡淡的藍莓香。她說起自己開始抽菸是受某個菸癮很大的男友影響，同那人分手後，她不由得懷念起在他身邊時刻聞到的那股菸味，便買了第一包菸來抽，由此染上菸癮。「後來怕抽太多影響健康，改抽電子菸，但這沙啞的菸嗓已經回不去了。」聽她這麼一說，我總算能肯定她的聲音確實有變，我本以為一如她眼角初生的細紋那般，只是添了些「嗓紋」。

我們在馬公客運總站搭上了外垵線公車，前往西嶼。發車時車上僅有寥寥幾名乘客，我們在車內最後排並肩而坐，宣婕將一綹旁分的瀏海連同鬢髮勾至耳後固定，彎身擺妥腳邊一袋袋從市場採買的東西，此時我注意到了她耳垂上起著細碎皮屑的耳洞——又是一處前所未見的變化。

在車上，我接續和宣婕說起我還瞞著尹菲的那些事，包括直到前天見著姑姑時連我自己也一直被蒙在鼓裡的隱情。

「你明天就要跟你妹妹見面了，這些事你都還沒有跟她說？」宣婕訝異道。

「直到現在她還是以為我媽是生病去世的。我怕她知道自己的身世，會覺得我媽的死是她的錯。」

「好像很難不這樣想。」她沉思片刻後低聲說道。「如果我是她，應該也會覺得因為自己被生下來，你爸才會那樣對你媽。還是你覺得有其他原因？」

「我也不知道，這些事都是聽我姑姑說的。我媽不在了，很多事情沒辦法確認。」

「但是話說回來，小孩怎麼樣都是無辜的，她又不能決定自己要不要出生。我覺得……你媽雖然外遇、生下你妹，但她把你妹的身世瞞起來，這是不是代表她還是想留在你們身邊，跟你們一起生活？」

「或許像妳說的那樣，她本來可能想一直瞞下去。」我越是深入揣摸母親生前的心思，便越發感到沮喪。「現在我只覺得一點也不認識我媽，我爸我媽，兩個我都不了解。」

「見到你妹，你還是會跟她說吧？她會想來臺灣，應該就是想知道關於自己的一切。」

「我想當面找機會跟她說，但又怕見到她，更難說出口。」

宣婕對我露出一抹理解的神情，接著轉頭望向車窗外藍中泛綠的澎湖灣，以及海天交際處隱隱若現的馬公灣岸。此刻公車正行駛在連通白沙和西嶼的跨海大橋上，笨重的車身在強勁海風下也不免微微飄移。

「這些過去的事，你原本都忘了，對吧。」宣婕轉向我，深褐的虹膜在陽光下尤為明顯，「如果你妹妹沒有聯絡你，應該很少去想起？」

「想不明白，就漸漸不去想了。」我回道，心裡納悶她話中所指的「過去」，是否隱含我倆的過去。「不過這次回來，發現很多事情其實都沒忘。」

深聊至此，宣婕也對我講起了她父母的事。她父親在她幼時背負毒品案件遭通緝後就人間蒸發，據說疑似潛逃中國，而她那個染有毒癮的母親將年幼的她同哥哥送至親戚家後便撒手不管，導致她哥哥遭虐致死的憾事，自那以後她母親便被明令禁絕於她的童年之外，幾未再現身。宣婕成年後，她與母親亦無聯繫，直到前些年她在臺灣生活期間，接到了一通戶政事務所的電話，一位戶政人員指出，她那數十年來下落不明的父親希望從中國返臺，不過她母親於多年前以其失蹤多年為由向法院聲請死亡宣告獲准（兩人當時仍為配偶），使她父親在法律上成了死人，無法以「活人之姿」順利入境，盼她能協助向法院聲請撤銷該死亡宣告。她在電話上果斷表明自己無心摻和她父親的重生大計，便不再理會此事，至於她父親後來是否復活歸國，她不知情也毫不在意。不過，她當時曾為確認此事從臺灣返澎找上她的母親，久別多年，她母親已另組家庭——她當年正是為了改嫁，才上法院請求將她那逃亡海外、無法和離的前夫給處死——聽聞宣婕父親失蹤多年後首度現身，她沒有一絲驚訝，僅鄙夷地譏諷他大概是因通緝時效已屆才敢回國。

「雖然我本來就不期望我媽能說出什麼好話，但她對我哥當年被他們害死這件事的態度，還是讓我很驚訝。她只是冷冷地說她當時連自己都顧不了，叫我要怪就怪我爸，說是我爸害她沾上毒品。」

「妳爸是不是還不知道妳哥的事？」

「我哥死的時候，他好像已經逃出國。我不知道有沒有人告訴他，我猜他大概也不在乎吧。我覺得我哥很可憐，除了我以外沒有人在意他的死活。如果當時我也死在那個房間，現在應該也沒人記得我。」

「父母真的影響我們很多，對吧？就算他們早就不在我們生活裡面。」

「對啊。」宣婕凝思片刻後，跟著嘆道：「我認識一些人，他們從小到大那麼努力，為的就是不讓爸媽失望，至少我們不用操心這個，因為我們的爸媽才是讓人失望的那方。我是說我啦，我爸媽很讓人失望。」

我們在赤馬村下了車，拐入赤樊桃殿旁一條緩緩下往海畔的小巷道，遠遠即可望見前頭成片的矮房屋頂與天幕之間露出的一小塊藍海。我們朝赤馬漁港的方向走，沿途聊著彼此離澎之後曾經落腳的城市和去訪的國家。我突然有種感覺，彷彿我倆當年在澎湖分別僅是各自出了趟遠門，並暗中約定有朝一日要回到此一離別之地相聚（或者也可以說是「出發之地」），同彼此講述多年遠行的遊歷與見聞。她挺後悔年輕時沒給自己機會去體驗大學生活，當年她高職畢業後就在高雄一間旅社找了份工作，此後近十年間她在臺灣由南至北換了好幾個城市生活；細聊之下發現，我倆的足跡曾有重疊：我在成功嶺服役那年，她正巧落腳臺中，我們還在當地參加了同一場跨年晚會。後來，她二十七歲那年拿了工作簽證至香港待了一年，接著便返澎定居。

「凱翔真的跟你這樣說？說我是跟一個男人去香港？」宣婕瞪大眼、哭笑不得地說。

「不是這樣嗎？」

「不是啦，他要不是記錯，就是在亂說。」
「那妳總有跟他提過什麼男人吧？他才會這樣誤會。」
「有是有。」她言止於此，發覺我仍聽著才接續說道：「那時候會從臺灣跑去香港，其實是想忘掉一個人。」
「這個讓妳逃離臺灣的人，就是讓妳開始抽菸的那個前男友？」
「欸，怎麼能說是逃，多難聽。但不是他。」她臉色略顯凝重，不過轉瞬即釋，「是一個最後沒有在一起的人。」
「看來這些年，妳愛過不少人。」我半調侃地說。
「少來，你一定也遇過很多女生。」
「但我好像沒有像妳這樣無法自拔，到需要逃離對方的程度。」
「其實要說愛不愛的，很多時候是後知後覺，當下只覺得好開心、好痛苦，過了很久以後才會想到『對耶，我們那時候有這樣，原來我也這麼愛過他』。你懂我想表達什麼吧？」
宣婕友人的民宿坐落於海濱兩塊南、北相峙的小高地之間，緊鄰赤馬漁港，外牆採藍白相間的地中海風色調。我們來到了民宿門口，宣婕便未將她的情史接著往下說。在一樓大廳同她的友人打過招呼後，我跟著她上樓參觀了幾間面海的房間，隨後她便留在一間正在重新裝修的房間與木工師傅商討施作細節。

在宣婕忙著處理民宿事務之時，我獨自前往一旁的赤馬漁港等她。我走至漁港南堤盡頭處的涼亭，隔著澎湖灣遙望對岸的馬公。忽然間，我腦中浮現不計其數的泳客在眼前這片澎湖內海萬頭攢動的景象。我費了一會兒追溯此一海市蜃景，識出這記憶源於二〇〇二年七月的首屆「泳渡澎湖灣」活動，當時黃霖參加的是六千公尺長泳組，他從西嶼大菓葉下水橫渡澎湖灣游至馬公觀音亭，而母親與我即在泳程終點等他上岸。我還想起同年五月有架華航客機飛經臺灣海峽時於高空解體、支離破碎地墜毀在澎湖北方外海，機上兩百多名乘客全數罹難，而當時已開放報名的泳渡活動一度傳出可能因此次空難取消。那陣子電視新聞天天都在播報打撈（一開始是搜救）乘客遺體與飛機殘骸的進展，我記得當時黃霖看著電視螢幕上長長的罹難者名單，就尚未明朗的飛機失事原因舉出好幾種可能性，其中一說是飛機遭中國發射的導彈擊落——下一步可能是奪島攻臺——並指出兩岸一旦開戰他將馬上被徵召入伍、一去無返。各式軍艦、漁船在北海打撈了數個月，最終僅撈獲部分罹難者遺體，時至七月，泳渡活動照常舉行，母親同我在觀音亭等黃霖從西嶼渡灣上岸之際，她一直焦慮地盯著海面，擔憂他游至半途體力不支而滅頂；賽前她就力勸他別逞強游完全程，還說她不斷想到那些仍在海裡、未被打撈上岸的飛機殘骸和乘客屍體可能會順著海流漂至澎湖灣。空難陰霾未散，加上乘客遺體始終沒有全數撈獲，我們家好一陣子不敢吃海鮮，擔心澎湖近海的魚蝦會以罹難者的屍塊為食；當地觀光業亦陷入谷底，為此縣府乃於隔年舉辦了首屆花火節活動，以期提振低迷的觀光景氣。二〇〇三年澎湖花火節揭幕當天（至此母親還未懷上尹菲，不過也快了），我們一家三人前去觀音亭看煙火之前，先去林投公園看了那塊五二五空難周年之日所立、列滿罹難者姓名的紀念碑，並順道至立碑處旁邊的國軍忠靈祠觀仰那些空軍烈士之墓。隨著回憶泉湧而出，我不禁慨想這日我若未坐在赤馬漁港的涼亭下望著澎湖灣與對岸的馬公，或許自己有生之日都無法收復這些長年佚失於光陰中的往事。

半小時後，宣婕騎著從民宿借來的機車來港口南堤找我。

「臺北人會騎機車吧。」她將安全帽拋給我時喊道。

「妳知道……」我及時截住了那頂險些滾入海裡的帽子，然後向她問道：「最近幾年澎湖還有沒有辦泳渡活動？」

「你說從這邊游到馬公嗎？好像一直都有，只是我回來這兩年不知道什麼原因停辦了。

怎麼了，你想參加？」

「只是問一下。走吧，去哪？」

我跨上機車前座，載著宣婕朝西嶼西南海角騎，行經內垵，再轉上能俯瞰整個外垵漁港的外垵高地。此時已接近黃昏，我們在涼爽的海風中騎行，看似綿延直通天際的道路兩旁是遼闊的茫茫草原。宣婕在我背後微微前傾、雙手扶在我的腰際，這動作顯得如此自然，令我突然有種時光倒流的錯覺，彷彿此刻坐在我身後的是昔日那個總與我共乘一輛單車在舊澎湖四處巡遊的十四歲少女，而成年生活仍只是遙遠的未來與想像。

我們在三仙塔附近停車，沿著臨崖步道穿過廢棄的營房、碉堡和燒磚廠，朝海角盡頭處的漁翁島燈塔走去。崖壁下方即是依山傍海的外垵村腹地，由高處往下望，弧形港岸上櫛比鱗次的房屋像是由一塊塊積木堆疊而出的模型造景，一艘已點燈的歸航漁船正拖著長長的尾波緩緩越過堤頭，駛入港灣。暮色中，走在前頭的宣婕回身面著我倒退走，隨風飄散的頭髮遮住了她的半邊臉。

「我昨天就想問你，你後來是不是還有再長高。」她拂開臉頰上的髮絲，瞇著眼端量我的頭頂。「其實你變滿多的，第一眼見到你心裡還想說這是不是你。」

「不就是變老而已嗎?從國中到現在,十五年了。」

「不行,我現在嚴重懷疑你冒用身分,」她露出淘氣的表情,義正辭嚴地說:「這樣好了,為了證明你是我認識的那個人,你要說出幾件只有我跟你兩個人知道的事情。」

我照著她的劇本走,扮出一副苦思的模樣,回想過去與她在慈育度過的時光。有幾件事立時在我腦中閃現,但我們初才重逢,突然提起這些可憶而不可及的私密往事恐使我倆都陷入尷尬,其中某些事她可能甚至不記得自己曾告訴過我,或曾與我一同經歷。說與不說?這會兒真令我苦惱了起來。

「妳在笑什麼?」我問。

「你表情突然變得好認真,讓我覺得好笑又害怕。」她收斂笑容,神情略顯慌張,「仔細想想,你好像知道我不少事,而且你看起來像是想到什麼了。如果很難說出口,那還是不要說好了。」

宣婕倒退走時腳一絆差點跌倒,我連忙上前拉了她一把、同她並肩前行。

「妳知道,我高中剛去臺灣的時候曾經有過一個想法,這次回澎湖我也有在想……」我感到極為羞窘,但話已至此只得硬著頭皮說完:「就是想像再見到妳的時候,妳身邊帶著一個小孩。」

「小孩？什麼意思？」

「就是……不多不少，現在剛好十四歲大，長得跟我國中的時候很像——如果是男生的話——然後妳絕口不承認這小孩跟我有關……類似這樣的劇情。」

宣婕靜靜聽我解釋，臉上不解的神情逐漸轉為似懂非懂或是假裝沒聽懂的樣子，下一刻便噗哧大笑，被我這奇異的想法給徹底逗樂。

「你是說……」她也不好意思把話說得太明白，待她止住笑意後認真地問道：「等等，你真的有這樣想？」

「我們那時候不是沒有做任何保護嗎？然後我就去臺灣了。」

「這件事你是不是困擾很久啊？」她又咯咯笑起來，「真是對不起噢，沒幫你生個兒子、還自己一個人把他養大，讓你失望了。」

我們來到那座始建於十八世紀的漁翁島燈塔，此時海平線上的晚霞即將燃盡，平靜的海面在白晝最後的餘光下散發一種柔和的銀灰光澤，一群燕鷗的黑影貼海飛掠而過，轉瞬即消失在遠海蒼茫的暮靄之中。我們坐在燈塔北側的海岬邊，細數、拼湊著昔日在慈育共度的時光，直至夜幕完全降下。在合力憶往中，某些共同記憶獲得彼此的提醒與核認，同時也發現了一些值得細細考證的爭議之處：如我們對某些慈育舊識的故事有著不同的解讀，有些則是搞混了名字；我們都對當年臨別之際兩人騎著腳踏車「私奔」這事記憶猶新，不過宣婕憶稱那天我們去抵尖嶼燈塔後並未馬上折返，而是又往北邊騎好一段路，但我對此卻毫無印象；在我離澎那日，她並非刻意避不與我辭別，而是一早就跟著生輔員去了市場，返回慈育時我早已登船遠航。

稍晚在回程的公車上，宣婕靠在我肩上沉沉睡去，快到她家所在的東衛站時，我出聲喚她。我可以肯定她已經醒了，但她沒有睜眼，也不準備起身下車，只是嬌懶地扭了扭頭，好似想將整張臉埋進我的肩膀。就這樣，她到站未下，同我繼續搭往馬公終站。

第八章

或許是預料見到尹菲時我將不得不道出有關她身世的實情，臨到她抵澎之日，我內心對於重逢的期待添了幾分焦慮與虛怯。

尹菲同泰勒夫婦抵臺的第一天，她先上臺北美國學校找一位過去與她在美國同一社區長大、後隨其家人移居臺灣的兒時好友敘舊，接著一家人前往尹菲養母張女士移民美國前所居住的新北三芝，在那背山面海的老社區裡轉了好些路，終究未能找到張女士的幼時故居。

翌日中午，他們一家從臺北搭機前來澎湖，當時我坐在澎湖機場大廳，盼著機場到站出口，內心激動之餘，還擔憂尹菲出站時見到只有我一人前來接機，可能會覺得這久別團聚的場面很是冷清。我率先從魚貫出站的旅客中認出尹菲的養父泰勒先生，他手推、身揹的繁重行李和他的白人臉孔及高大身軀同樣顯眼。我隨即認出走在泰勒先生後頭的尹菲和張女士，此時尹菲正邁步向前趕上泰勒先生，同時急切地往大廳張望。她身著短褲和短袖上衣，瘦削的身材使她看上去比實際身高（一七一公分）還要更高一些，那張稚氣未脫的臉龐與嬰孩時期的她仍有幾分神似，她胸前那臺相機裡大概已存了一些她來臺後所拍的照片。見到尹菲本人，確切來說是見到她行走時肩臂擺動的姿態，頓時令我心頭一緊，有一瞬間她的形影好似與母親的步態重疊，猶如母親就在我面前走動；我回過神來，發覺這不過是某種錯覺或心理投射，畢竟尹菲這般習慣性的步態不可能源自遺傳，也絕不會是模仿。

我遠遠朝尹菲招手，她認出我後也向我揮了揮手，臉上露出拿捏不定的笑容。她停下腳步，回頭等泰勒夫婦，他們跟上後便推促尹菲近前與我相認。

「哥哥。」尹菲走近後猶疑地喊道，似乎不曉得如何應對與我這陌生親人重聚的場面。

「好久不見，十幾年那麼久了。」我說。

我們面對彼此遲疑片刻後，我伸手想去碰碰她的手臂或肩膀示好，這時她近前一步，我們便誤打誤撞地順勢擁在一塊兒。不知為何，這唐突的擁抱立刻顯得再自然不過，同時也稍稍化解了彼此間的侷促感。

「我有帶家裡的相簿來喔，」短暫輕擁後，尹菲欣快地說：「你說要看的。」

「你好。」泰勒先生摘下頭上的棒球帽——我看著他的藍眼睛，疑惑自己怎會將之錯記成綠色——以濃重的美腔用中文向我問好。

尹菲和張女士一聽都笑出聲來，兩人似乎都沒料到泰勒先生會在這時候突然冒出一句中文來。

「他只會說這一句。」張女士說道，接著從上到下仔細端詳我一番，「樣子還是認得出來。上次見面你們兩個都還很小，那時候Jen還要人抱。」

時隔十五年再見到泰勒夫婦，他倆均已顯露老態，在當年已步入中年的泰勒先生如今頭髮稀疏了不少，張女士則似乎比以往矮小了些，她那不易顯老的臉龐也在一道道細紋的妝點下失去了往日的平滑潤澤。他們夫婦倆將人生最精華的壯年歲月都傾注於養育尹菲這個與他們全無血緣關係的孩子上——撇開過去我心中盼能將她留在臺灣的執念——尹菲能同他們到美國生活真是件幸事。

「阿姨，叔叔，謝謝你們陪尹菲來。」我對張女士說道，跟著上前替他們推行李箱。

「早就該帶她回來臺灣看看了。」

「只有我能來……」我懷著歉意對尹菲說道。「對了，妳應該還不習慣別人叫妳的中文名字吧，還是我也叫妳珍？」

「叫尹菲就好。哥哥，你來就夠了，我就是來見你的。」

尹菲鼻翼兩側散布一些不明顯的雀斑，一側太陽穴上貼了一小片膚色的抗痘貼，近看之下，她的眼睛屬實有母親的神韻，高高的顴骨也與母親相像。儘管我已克制自己不去想她與我不同父這一點，但當面見到她，我仍不由自主地試圖從她的五官輪廓（其中必然隱含著有跡可循的基因訊息）看出另一人的眉目，即過去母親看著襁褓中的尹菲所會想起的那張臉。

我預先在機場附近的車行租了輛車，將尹菲一家的行李放入後車箱後，泰勒夫婦先上了車後座，讓我們這對剛剛重逢的兄妹便於前座交談。我為他們在馬公同一間飯店訂了房，就位於飯店中層，與我的住房隔了兩層樓。前往飯店途中，尹菲身倚副駕駛座的車門，興致勃勃地瞧著機場外圍二〇四縣道兩旁成排矗立的南洋杉，此時一架剛起飛的飛機在我們右方抬升、直入雲端，她向前傾身仰望，不知腦中是否想像著自己那無以追憶的過去——她生命伊始隨泰勒夫婦搭機離澎的情景。進入市區後，尹菲不時指著路標與店家招牌問我上頭的中文字怎麼念，對一切充滿好奇。這是她有記憶以來首回踏上這片故土，她心裡想必滿懷著連她自己都不甚理解的複雜情緒。

在車上，我們帶著重逢的喜悅之情，再次聊起了她決定寫信尋親這件事。

「我沒想到寫信真的有用，沒想到能那麼快找到你。」尹菲說。

「那妳現在比較緊張，還是接到我第一通電話的時候比較緊張？」我問。

「講電話的時候。」

「那幾天珍一回家就問有沒有臺灣的電話，很怕你打來，但是漏接了。」張女士用中文說道，隨即用英語向一旁的泰勒先生講述我們此刻談及的話題。

「我原本怕你不想聯絡。」尹菲細聲說道。「因為很久了，我突然出現，不知道你怎麼想。」

「怎麼會不想聯絡，我一直很想知道妳在美國過得怎麼樣。」

「希望你可以諒解，」張女士透過車內後視鏡看著我，愧悔地說：「我們一直沒跟她說臺灣的事情，她不知道有一個哥哥。」

「媽……」尹菲身子整個靠到椅背上，回頭溫聲喚著她的養母，顯然她不希望張女士為此事感到半點自責。

「現在知道也不遲。現在見到面了。」我說。

我們至飯店放好行李後，尹菲表示此次返澎的第一站，想重回我們兄妹倆過去所待的育幼院，亦即當年泰勒夫婦將她接走的地方。

到了慈育，再度碰上那個我從凱翔那兒探知其名為彥文、患有腦性麻痺的男人，他還記得我，不忘問我有沒有找著凱翔。我向他說明尹菲一家從美國遠道而來以及他們與此處的淵源後，他便欣然任我們進院區四處流覽。

「我記得這棵樹。」泰勒先生用英語說道，走至院內教堂後頭那棵榕樹下繞了一圈，「比我記得的還要大很多。」

「我沒有這裡的記憶。一點也想不起來。」尹菲用地道的英語說，挽著張女士的手走近那棵大樹。

在此之前，尹菲想必不只一次向泰勒夫婦探問他們來此地接她去美國的情景，如今她親臨此一即便在她記憶源頭亦溯無絲毫掠影的昔日場景，臉上的興奮神情中隱約透著迷茫。

「你們來帶我走的時候，我只有一歲，對吧？」尹菲看著泰勒先生問道。

「妳那時候就這麼小，」泰勒先生雙手掌心朝上伸在胸前，作勢捧著一個無形嬰孩，「腦袋瓜不比我的拳頭大多少，妳記得這裡那才奇怪。」

我也同泰勒先生陷入回憶，想起幼小的尹菲把奶瓶攬在她小小的身軀裡、含著奶嘴一嘬一縮吸吮的畫面，以及她被自己發出的嘖嘖聲嚇哭的憨趣模樣；夜裡在她熟睡之際，聽著她忽大忽小、略顯費勁的沉沉鼾聲，我總憂心她幼弱的生命會像風中燭火那般隨時滅去，而當她掙扎著從睡夢中驚醒並嚎啕大哭時，我便會把一根手指伸進她的小拳窩裡讓她握緊，這總能使她不安的情緒漸漸平息。彼時的尹菲仍只是牙牙學語，如今看著眼前長大成人的女孩——口齒伶俐，而且會說的還不只一種語言——我不禁嘆惋自己在她迄今為止的人生中缺席，錯過了她從小至大的成長歷程：她小時候鍾愛的卡通人物和玩具娃娃、歷來最要好的玩伴和死黨、在學校最喜歡的科目和心儀的男同學……，這些我都一無所知；她開口說第一句話和掉第一顆牙的時候、她歷年來的生日派對、各求學階段的開學與畢業典禮我都不在場，母親亦然。我之所以請尹菲將她美國家中的相簿帶來臺灣，便是想從中惡補與她分離的那些歲月。然而，她的生活終歸在美國，我不免傷感地預想數天過後我們便會再度分隔臺、美兩地，而自己仍將持續在她的未來中缺席。

「阿姨就是在那邊的停車場把妳抱上車，」我指著院內的停車棚對尹菲說：「那時候妳沒有哭，大概不知道自己要被帶去哪裡。」

「其實走了以後，珍一路哭到機場。我們是很開心，但拆散你們兩個，又覺得不忍心。」張女士說道。

榕樹下有兩個小女孩正在盪鞦韆，一個在後頭助推，另一個在鞦韆上的女孩興奮得咯咯笑，當她盪到最高點時，嘴裡含的那只棒棒糖脫口飛了出去，掉到尹菲跟前的泥地上。小女孩示意後頭的推手停下來，接著跳下鞦韆要去撿地上的棒棒糖。尹菲上前阻止了她，然後從背包裡取出一包巧克力，撥了幾塊分給兩個女孩吃。

我和泰勒夫婦站在一塊兒，看著尹菲接近那兩個小女孩，心裡頓時有種或許可以稱之為驕傲的感覺，也許為人父母初次見到自己的孩子踏出家庭的保護傘和其他小孩打成一片時，心中便是這般感受吧。

「珍的父親——他們的父親，知不知道她在這裡？」泰勒先生對張女士問道，請她用中文轉問我。

「我看到你給珍的信有寫到，」張女士轉向我問道：「你也很久沒有見到你們的父親了，對不對？這次有機會讓他們見面嗎？」

「我知道他住在哪裡。」我遲疑了一會兒，給出一個模糊的回答：「如果尹菲想見，我可以帶她去。」

我原本懷疑泰勒夫婦並非誤認母親的死因，只是不知如何向尹菲道出其母遭殺害的殘酷事實才想出病故一說，而此刻聽他們這麼一問，我心中的疑慮便一掃而空；若他們當真知曉母親的真正死因，豈會放心讓尹菲去見她的生父——一個弒妻的殺人犯——尤其他們若連黃霖實非尹菲生父這一點也知情的話，就更不可能讓他們碰面了。

尹菲和慈育那兩個女孩揮別，上了車後她用英語向泰勒夫婦倆問道：「你們以前來這裡的時候有其他選擇嗎？還是因為我年紀最小，所以選了我。」張女士笑而不語，泰勒先生則用一種明顯是說笑的激昂語氣回道：「不只在這裡，我們在全世界有千百個候選小孩，我跟妳媽就是從那麼多人裡面挑中妳。」

傍晚，我帶尹菲一家到觀音亭沿環海步道散步，泰勒夫婦牽著手走在前頭，而我伴著尹菲走在後頭，四人在柔和的夕照下緩緩朝西瀛虹橋走去。當時我內心隱隱約約感受到一份久違的歸屬感，隨即也對這份感受心生排拒，畢竟我並不算是泰勒家的一份子。恰在此時，尹菲告訴我當年她養父母來臺時曾考慮要連同我一起收養，她因而想像過我這個「臺灣哥哥」若能在美國一路伴她成長，她的童年該有多不一樣。

「說不定妳會覺得我討厭喔。相處久了才知道我是好哥哥還是壞哥哥。」我說。

「我覺得你是好的。」尹菲相當篤定地說，彷彿在做某種關乎人性善惡的最終裁斷。「因為年紀差很多，你可能不會一直跟我玩，但是你一定不會欺負我，也不會讓別人欺負我。」

◆

泰勒夫婦只在澎湖待了一日，泰勒先生由於工作關係得先行返美，而張女士則是在抵臺後透過網路聯絡上一位多年未見的故友，打算前去臺南赴約一聚。他們夫婦倆在澎湖機場將尹菲託付給我後，便先後搭機離澎。

實際與尹菲一家相處之下，除了慣用語言不同此一最明顯的差異外，還可由他們所慣習的某些舉止中體認到尹菲骨子裡已徹底西化的事實。在他們抵澎當天，初次與他們同桌用餐時，見他們三人在餐前不約而同地閉起眼來默禱數秒鐘——儘管我對此已有預期，而他們的禱告亦相當簡短——我當下仍不免感到詫異，畢竟自我離開慈育以後就不曾當面見人禱告。翌日早上，我們在飯店餐廳用早餐時，鄰桌一位會說英語的老伯和泰勒先生攀談，而尹菲也毫不怯生地同他們閒聊；這般信手拈來的社交對話在西方國家似乎是極其自然常見之事，對比之下，臺人則普遍給尹菲留下較冷漠的印象——人們在超商等待結帳時與店員都是默然相對、未有半句寒暄，她對此感到甚是怪異。

透過他們的談述，我對尹菲一家在太平洋彼岸的美式生活多少有了較為具體、實際的想像。他們長年居住在舊金山市，據說那是座城區布滿許多陡坡斜路、時常籠罩在漫天大霧之中的「陡峭霧都」，金門大橋、惡魔島監獄等經常出現在好萊塢電影裡的場景，在他們眼中都是看慣了的尋常景物。泰勒先生是在那位鼎鼎大名的科技巨擘伊隆・馬斯克旗下的特斯拉銷售部門工作，過去經常得在美國各州之間差旅、甚至遠赴國外出差，直到尹菲八歲左右才有所消停；尹菲描述她幼年見泰勒先生從外地返家時，總像迎接長年派駐海外、終於得以歸鄉的美國大兵那般萬分激動。張女士本來是替其父親經營位於唐人街的老茶葉鋪，後因生意漸淡而將鋪子收掉，改於舊金山灣岸的碼頭市集開起一間禮品店。我尤為好奇尹菲在美國的高中生活是否真像美劇所演的那樣，開車上下學、偌大的學生餐廳、活躍的球隊與啦啦隊、各種舞會與派對，以及下課時在置物櫃旁親熱或於走廊上霸凌同學的場面等等，尹菲聽後則表示這些元素確實都存在於美國高中校園，不過沒有影劇作品演得那麼浮誇，且說種族歧視與霸凌的情形在校園中其實已不多見。尹菲所上的公立高中有不少華裔學生，不過她在校卻未結交多少華裔朋友，走得較近的那群好友之中以黑人居多，她形容他們是群很瘋、很搞笑的「怪胎」。

第二天下午，當我們將泰勒夫婦送至機場時，尹菲忽然想起她從美國帶來的家庭相簿還放在泰勒先生的行李箱內，連忙從中取出，差點還未讓我瞧上一眼就原封不動地被帶回美國去。陪泰勒夫婦候機那會兒，尹菲就在機場大廳抱著那本宛如故事書的相簿，指著裡頭一張張她從小到大的相片，向我講解其拍攝年代及地點，其中一些在她還相當年幼時所拍攝的照片則由泰勒夫婦從旁說明：尹菲兩歲生日派對上，她在張女士的攬抱和一群孩童的簇擁下正準備吹熄生日蛋糕上的蠟燭，她那圓嘟嘟的稚嫩臉龐與我記憶中她離臺之時的模樣相差無幾；七歲的尹菲被泰勒先生抱在懷中，兩人在黃石公園裡與背景遠處一頭賴在馬路中央的落單灰熊合影；一張於夜空中捕捉到的不明發光體照片，是他們一家在泰勒先生剛過五十五歲生日之際，駕露營車到新墨西哥州某個盛傳時有幽浮出沒的沙漠小鎮所攝；一些由尹菲所拍的出遊照記錄著埃及金字塔、秘魯馬丘比丘、中國長城等景點；尹菲一家在醫院病房與一名瘦弱的白人老婦合照，那是泰勒先生母親臨終前的最後留影。翻完相簿，尹菲接著拿出手機開啟社群軟體，讓我看她那位外祖父與中國親屬的團聚照，以及她前陣子到英國遊學期間所拍的照片，這時我留意到她社群媒體上的追蹤者有數千名之多，堪比網紅，令我頗為意外。

翻閱這些相片，同時聽尹菲說起在國外生活的種種經歷，我不禁在心裡暗嘆我們二人在十五年前那一別之後，各自走上了何其不同的生命軌跡。前一天尹菲在觀音亭所說的那席話此刻在我耳中回響，令我不禁懷想當年自己若也隨尹菲移居美國，我便也會出現在這本泰勒家的相簿之中，而這個已在異國他鄉度過十餘載的我會是多麼迥異的人啊。

那日，待泰勒夫婦雙雙登機後，我便和尹菲驅車前往湖西老家。同尹菲獨處時雖仍有幾分生疏，但在這個美國女孩面前，我已漸漸能融入「哥哥」這個我久未扮演的角色。在回家的路上，我告訴尹菲自己從佩晴姑姑手中取得家門鑰匙後迄未進屋，事實上我和她離家的時間幾乎同樣久。即將重回那棟屋子，固然使我內心擾動不已，不過令我心緒更為凝重的是另一股預感，預感我倆一進到家中，那些與尹菲見面之前我隻字未提、見了面後又覺得不便當著泰勒夫婦的面言說的事情，不論多麼難以啟齒，終歸無法再隱瞞下去。

駛入紅羅村，我們沿著小巷道緩緩將車子開到老家外頭。來到家門前，當我把鑰匙插入鎖孔裡轉動的那一剎那，我感覺自己像個歷盡艱難終於找到古墓入口的考古學家，即將進入封閉已久的墓穴一探究竟。

推開家門，一股濃重的霉味撲鼻而來，陰暗的客廳立即給人一種置身洞穴深處般的壓抑感。我伸手摸索門邊的牆壁，當真探到客廳電燈那已無作用的開關時，心裡不覺湧現深切的懷舊之情。我和尹菲一同將客廳緊掩的窗簾拉開，午後蒼白的天光斜斜透進屋內，蒙塵的瓷磚地板上只見我倆的鞋印，各面牆上都布有拼圖狀的斑駁裂漆與大大小小的霉斑，那臺大頭型傳統電視上方的牆角掛滿了濃密的蜘蛛網，一直牽結到那個二〇〇五年分的舊日曆，泛黃、捲皺的日曆紙被撕去了一角，上頭的日期正是母親死於家中的那一天。日曆旁那只靜止不動的掛鐘上，時針困在鐘面刻度九與十之間，我納悶它是否恰恰就在那天早上停擺、迄今未再動過一分一秒，彷彿它曉得從那時起屋裡便再無人需要查看時間。我穿過客廳，領著尹菲到飯廳、廚房及洗衣間查看。姑姑說黃霖出獄後曾返家居住，不過依屋內家具的擺設方式及未被清理的陳年舊物看來，這裡大體上仍保持著我十六年前搬離此處時的原狀：十多年前的舊報紙、遲繳多年的水電帳單、櫥櫃裡早過了保存期限的飲料和罐頭、冰箱冷凍櫃裡本該由母親煮來讓我吃下肚的腐壞食材、吊在晾衣繩上晾了十多年的中學運動服、翻倒在洗衣間角落的學步車……，著實看不出有人在此長住的跡象。

進屋後，尹菲便像參觀博物館的訪客般細細審視著屋內各處的一切，似乎想透過家中遺留的器物來考察此處舊時的生活樣貌。她和我都曾住在這裡，只不過她不曾記下那段時光。

當我在家中巡視之際，一段段久違的回憶不時由這兒、那兒的角落竄出：冰箱門上那塊殘膠處原本貼著一份母親的手寫食譜，過去我經常看著它向母親點餐；我額頭上那道在某一角度才會顯現的疤痕，就是幼時在洗衣間的門把上不慎撞傷的，記得當下我痛得立刻抱頭痛哭、衝進聞聲而來的母親懷中討揉；客廳接近樓梯口處本來擺著一張可旋轉的躺椅，有時黃霖躺在那兒呼呼大睡，我會伏在地上偷偷轉動他，直到他暈醒過來才停手。

在一樓各處轉了一圈後，我們回到客廳落坐。尹菲在電話機座旁的紙堆中翻到一本通訊錄，裡頭記著一行行人名與相應的電話號碼，大部分是母親那秀氣的字跡。那本子末幾頁凌亂列著幾項待辦的瑣事：「回電話給小娟」、「幫軒找衣服」、「去馬公拿寄放的東西」……，不曉得這些事情母親是否都給辦了？她在生命的最後時日心裡還惦記著哪些未竟之事？我將本子放回原位，接著隨手拿起一旁的電話捂在耳上，聽筒裡沒有絲毫音訊，但有那麼一瞬間，我感覺彷彿接起了自己服役那年從臺中成功嶺營區撥回家裡的那通電話，跨越時空與過去的自己接上了線。我這接聽電話的舉動令尹菲有些迷惑，我未作解釋便將聽筒掛回電話機座，隨後想著除了我以外，不知曾有多少人在我們一一離開這棟屋子以後還撥過這支電話的號碼，想要聯絡他們二人（其中或有未聞母親死訊及黃霖遭囚者）？那些人經過幾次無果的嘗試後才作罷，而後家裡的號碼便漸漸被他倆的友人遺忘。我看著尹菲的臉，暗忖她的生父或許就曾撥電話來家中找一個再也無法接電話的人。

我默默望著客廳電視漆黑如鏡的屏幕，上頭映著我與尹菲二人置身幽寂客廳中的微縮身影。我感到一絲疲倦，盯著電視上那兩個人影看得出神，有那麼一刻它們好似化成了亦曾居住在此的另外那兩人。

「我出生之後在這裡住了多久？」尹菲出聲問道，再度環顧客廳各個角落。

「應該將近半年。」

「那時候爸爸在監獄，媽媽生病了，還要一個人照顧我們兩個，是不是很辛苦？」

我一聽懵了，過一會兒總算能理解她弔詭的提問及其癥結所在——我還未告訴她黃霖所犯何罪，她自然不曉得他是在母親死後才入獄。我望向通往二樓的樓梯口，默而不答。黃霖出獄後返回家中，那時他曾否踏上二樓，進到那間浴室去直面他所犯下的罪行？這屋子是否充滿太多令他難以承受的回憶，以致他最終不得不離開這唯一的棲身之所，甚至遠走他鄉，只為忘卻這裡發生過的一切？

尹菲似乎從我的沉默中察覺出異樣，皺著眉若有所思，可能正陷於另一段與過去相差甚遠的想像之中。

「我們上樓吧，」我從沙發起身，伸手拉了她一把，「相簿應該放在二樓，裡面有媽媽的照片。」

我領著尹菲上樓，不自覺地數起樓梯的階數；從一樓上到樓梯中段轉折處約一坪大的平臺，一共是七階沒錯，確認屋子沒有變高或變矮使我心裡多了份踏實感。樓梯平臺的角落堆放一些雜物，我彎身拾起一個立在牆邊、正面擺向牆面的相框，翻過來一看，竟是母親與黃霖的婚紗照。尹菲拿出手機朝相片打光，上頭的黃霖穿了身尺寸略大的黑西裝，母親身上的白婚紗因相框表面的塵垢而顯得髒兮兮，前者將後者橫抱離地，其側頸上那條因手臂使勁而浮現的青筋也入了鏡。兩人擺定姿勢後對鏡頭露出醺醺然的微笑，等待著那將使他們的青春容貌與新婚之情永遠保存下來的快門瞬間。我不記得這幅被棄置於此的婚紗照原來固定擺在什麼地方，想必不在顯眼處，位置或許也不固定。以往在家中我並不常見到它，印象中每每瞧見我都感到特別不真實，倒不是因為那相片透著一種油畫般的質感，而是因它攝於我出生之前；小時候望著這相片，我會陷入一種使自我意識逐漸萎縮、消泯的遐思之中，想著那兩個彼時還未成為我父母的人是否注定會成為我的父母，抑或他們原有可能不會生下我，而是生下另一個不是「我」的個體。如今再見到這幅婚紗照——這亦是我十多年來首次於記憶之外眼見他們的模樣——我已比相片中那兩人大上許多歲，還知道了這對新婚夫妻所無法預見的背叛與謀殺，更是覺得這相片奇異得難以言喻。

「這就是他們？」尹菲小心翼翼地從我手中接過相框，久久凝視著那二人的模樣。「看起來好像只大我一點點。」

「這個時候，離媽媽生妳，還早上十幾年。」我說道，心想自己真不該任由尹菲將黃霖誤認作她的父親。

「媽媽好漂亮，很像一個中國女明星，叫什麼名字我突然想不起來。」

「跟妳想的樣子差很多嗎？我覺得妳們有些地方滿像的。」

「有嗎？她比我好看很多。」她再度端詳起相片，這回將目光移至黃霖身上，嘴裡喃喃道：「我以為一看到他們，會有很……很特殊的感覺。」。

「結果沒什麼感覺？」

「至少沒有眼熟的感覺。那句話怎麼說……『Déjà vu』。」

「似曾相識。」

「對，沒有覺得似曾相識。」

尹菲將那幅婚紗照正面朝上擺回地上，此時我們仍低頭看著它，相片中那兩人也以凝固的笑容從遙遠的過去望著我們，有那麼一刻感覺彷彿我們四人都身處同一時空，不合宜地團聚在一塊兒。

上到二樓，第一間房便是我的房間，門邊的牆壁上仍依稀可見一道道橫疊而上、記錄身高變化的筆劃痕跡，最上邊那一道還矮我半顆頭。一進到房內，我胸中立刻匯聚了各種舊日情懷，從孩提時代至青春期，我不知在這個獨立的小天地做了多少天馬行空的白日夢與怪誕離奇的夜夢、度過多少恐懼難眠的雨夜及生長痛間歇作祟的漫漫長夜。床上那條米白色的小毛巾是我兒時每晚定要攬在懷中才能安睡的貼身至寶，記得以前每當母親偷偷將它丟入洗衣機時總會引起我強烈的不滿。床頭櫃披著一件男人的汗衫，看起來應該是黃霖落下的，也許他返家居住期間都是睡在這間房裡。尹菲繞到床的另一側，蹲下查看那張她曾經躺過的嬰兒搖床。「以前我們一起睡在這裡哦，」她說，輕輕搖動嬰兒床，裡頭一個奶嘴隨之滾落在地，「好奇怪，以前我真的在這裡，但我只記得美國的家。」

我們接著穿過二樓過道，來到那間擺有鋼琴的書房。記得過去假日我起得晚，被母親練琴的聲音喚醒，睡眼惺忪來到書房見她撫琴的背影時，睡意便會瞬間消散，跟著就坐到書桌前寫起作業，或僅是單純在旁聽著她所彈奏的舒曼或蕭邦，消磨好些愜意的時光。尹菲見到擺在書房角落的鋼琴，便過去翻開琴蓋，隨意彈了個音，有那麼一刻，我好似看見了母親指甲修剪得極短的手在那排琴鍵上來回舞動的殘影。

「妳在美國有學過鋼琴嗎？」我問尹菲。

「很小的時候學過一點，在那邊有個阿姨也教鋼琴。我只記得很難，我還學到哭。你還記得怎麼彈嗎？你說媽媽教過你，對吧。」

「我跟妳一樣，沒有學會。她沒逼我一定要學。」

「跟媽媽學，說不定我能學會。」她說，坐到鋼琴椅上，審視著一顆顆琴鍵，不知是否想在上頭尋找母親的指紋。

「其實妳聽過她彈琴，妳還在她肚子裡的時候。她說妳『聽得懂音樂』。」

我們分頭在書房各個抽屜及書櫃上尋找舊時的相簿。我在書桌抽屜裡發現了以前的家庭聯絡簿、學校獎狀和幼稚園的畢業紀念冊，另一層則擺了貼紙簿和溜溜球等小玩物。尹菲從書櫃上抽出一本記滿數學公式的筆記本，自內頁中掉出了一張信紙，我一看，發現那是我中學一年級所擬、打算寫給隔壁班某位女同學的情書草稿，內容著實令人發窘，所幸尹菲讀不懂上面的中文字。最後，我在一個五斗櫃最底層的抽屜裡找到了一臺底片相機和一本封面已些微脫落的相簿。

相簿頭一頁，有張爺爺、奶奶與年輕時的佩晴姑姑站在港岸上的合照，另幾張則是黃霖與母親年少時的照片，看年紀應是攝於他們婚前、甚或兩人相識之前，其中黃霖的照片多半攝於他的軍旅時期，這張是他與幾位同袍著軍裝在舊澎湖跨海大橋前的合影，同一批人在另一張照片中則手捧鋼盔蹲在一門迫擊砲旁，下頭是兩張母親的獨照，背景分別是鵝鑾鼻燈塔的圍牆與一艘靠港的大輪船，還有一張是她穿著大學制服與兩位女同學在一棵大樹下的合照。往後翻，我開始於相簿中登場，這些家庭生活照多半由黃霖掌鏡，集中攝於我二至十歲那段時期。一張我四歲時與母親在海邊的相片中，我光著身子無畏地在淺灘上追著正往海裡回流的海浪，跑在我身後的母親面帶她一貫的憂慮神情朝我張開雙臂，似乎想趕在下一波海浪襲來之前將我一把抱起。在我八歲生日所拍的照片裡，母親與我坐在客廳，兩人都沒看向鏡頭，而是呆望著照片右側黃霖捧著生日蛋糕的模糊半身像，他顯然是剛設定好相機的定時快門，卻來不及走入鏡頭與我們合照。

以往我僅可憑藉不甚可靠的記憶去感知幻夢般的過去，而現下看著一張張過去的真實照片，感到不可思議的同時，我發現自己對於許多有我在內的相片是在何時、何地所拍幾無印象，也不記得曾否聽母親或黃霖講過這些照片的拍攝情境，另有一些照片則是在我注視良久並極力回想下，才終於自深不可測的腦海中打撈出相關的回憶，照片那靜止的一瞬方在我腦中流動起來。若非目睹這些照片，我懷疑這些久遠的往事可有自記憶暗房浮現的一天；另一方面，我的童年又該有多少同等珍貴的時刻未曾被鏡頭捕捉下來，恐怕多於遺忘中永遠消逝了。

尹菲在旁細細瀏覽這本相簿，不時要我放慢翻閱速度，指著某張照片問起拍攝背景或是某位相中人的身分。她絕對想不到我是懷著何等複雜的心情看著這一張張照片，留心著母親每一個細微的表情——不自然的笑容、迷離的眼神、心不在焉的神態——試圖從中找尋母親外遇的表徵或預兆；至於黃霖的照片，即便攝於事發很久之前，卻都給我一種他好像有所預謀的感覺。

「這裡面好像沒有我。」尹菲說，此時相簿已翻至最後幾頁。「我在臺灣，是不是只拍了臺灣護照上面那一張照片。」

確實，尹菲在所有全家福照及出遊照中缺席，畢竟她出生不久，這個家就無以為繼。

「妳出生不久，媽媽就不在了。」此話一出我立即感到不妥，於是補充道：「然後我們就不住這個家了。」

相簿末兩頁是未填裝照片的透明封套，翻至末頁時，有張未裝進封套的照片背朝上黏著在相簿封底，待我小心翼翼撕下後翻面一看，發現那是張母親挺著孕肚的照片。照片背景是家中廚房，母親身穿孕婦裝斜倚著流理臺，一手橫在圓肚下緣，依肚子隆起的程度來看，大概是她產前不久所拍；相片的拍攝焦點是母親肚裡的胎兒，而她也低頭瞧著自己的肚子，臉上掛著少見的燦笑。

「肚子裡是你還是我？」尹菲問道。

「我是在高雄出生，然後我們才搬來澎湖，這照片是樓下廚房拍的，所以不是我。這時候妳可能快要出來了。」

這是整本舊相簿中最新的一張照片，或許也是母親生前最後的留影，她此生最老的樣貌莫過於此，不久之後她的容顏便因死亡而不再衰老。這也是唯一一張有尹菲的照片——她與母親的合照——儘管她並未真的入鏡。尹菲凝神瞧著照片上母親鼓起的肚子，好像希望能透視那層肚皮，確認胎兒時期的她是否真的蜷縮在那裡頭。

「這張照片我可以帶回美國嗎？」尹菲殷切地問道。

「當然可以，這本來就是妳的照片。」

她隨即將相簿往回翻，挑出一張母親與黃霖的合照。不知是照片本身年久褪色或是拍攝時正值黃昏的關係，這張照片尤為發黃，拍攝場景是戶外一處像公園的地方，母親坐在草地上，而黃霖站在她身後，雙手支著她的雙肩，兩人都笑著注視鏡頭。

「這張我也很喜歡，」她說，眼裡含笑盯著照片中那兩人，「他們看起來正在熱戀。」

此時我抬頭掃了一眼書櫃，發現好些我過去在家不曾留意、直至我成年以後才讀過或聽過的世界名著，當中就有一本福樓拜所著的《包法利夫人》。媽，我真是一點都不懂妳。

二樓就剩主臥房還未帶尹菲進去瞧，我在房門外躊躇了片刻，待凝重的心情稍稍平緩下來才推開房門。一進房，我便看向房中另一扇門——浴室門緊掩著。有一剎那，我眼前彷彿閃現那日早上警察與救護人員在此進進出出的景象。

尹菲走到梳妝臺前拿起一把梳子端詳，從梳子爪頭縫間抽出幾根可能屬於母親的頭髮。

我逕自繞過床，走向浴室那扇當時我遲了一夜才打開的門。浴室地板縫裡盡是汙垢，鏽跡斑斑的馬桶乾涸見底，褪色的浴簾敞開著，當年母親陳屍的浴缸底部有塊咖啡色汙漬，像是一道裂痕或是某種東西的殘留物。很明顯，這間浴室多年來不曾有人涉足。沒有陰冷的氣場、詭異的氛圍或任何形式的靈異現象，除了髒汙，一切尋常得叫人失望。我望著洗手臺那面霧朦、混濁的鏡子，想像母親殞命前最後一次在此對影照鏡，渾然不知她將再也看不見自己，別人也再看不見她。

尹菲的身影走入鏡中，佇在浴室門口，手裡揣著一件她從衣櫥裡翻出來的童衣。她倚著門框，與我在鏡中對視，似乎琢磨著如何開口說些什麼話。難不成，她察覺出這間浴室有何異狀？

「家裡好像很少爸爸的東西，他是不是都帶走了？」尹菲停頓了一下，然後猶疑地探問：「爸爸以前在監獄，是不是連我小時候的樣子都沒看過？」

「他看過妳。他不是……」我及時打住，擔心再往下說，所有事情就會一一脫口而出，停也停不下來。

「哥哥，如果你不喜歡我問爸爸的事，你可以跟我說，我怕聊這個會讓你不開心。」

我恍然意識到我們開始聯絡的這些時日，或許她早已察覺到我總有意無意地避免談及黃霖。

「他的事，我一直在想要怎麼跟妳講。」我往後退到浴室牆邊，靠她近一些。

「我在美國有一個叔叔，是我爸爸那邊的親人，小時候我很喜歡他，後來他因為犯罪被關起來，好像跟毒品還是幫派有關。他被放出來以後，我看不出他哪裡變了，但我爸都不理他，也不想要他來家裡。哥哥是不是也因為爸爸犯罪，才變得討厭他？但我不知道他是做了什麼事。」

「可以這樣說。他做的事情很難被原諒。」

浴缸上方緊閉的對外窗斜斜透進了一束光，顯出空氣中懸浮的粉狀微塵。我屏住呼吸，想著在這長年空氣不流通的浴室內，可能仍滯留著母親窒息前吐出的最後一絲氣息。

「媽媽就是死在這裡，在這個浴缸，」我說，不知為何我竟能以如此平直而麻木的語氣道出此事，「我發現的時候，她已經死了。不是因為生病，她沒有病。」

「在這裡？」尹菲一臉疑惑，先是盯著我，再盯著浴缸，隨後目光落在鏡中的我身上，彷彿想向在場的第三人求證。「怎麼會？」

「我不知道為什麼妳的養父母會認為媽媽是病死的，可能他們當時沒有問清楚，或是他們聽到的不是真話。」我看著尹菲開始漲紅的眼睛，猜測她可能已經聯想到我接下來要說的話：「媽媽是被殺死，我的……爸爸會坐牢，就是因為他在這裡掐死媽媽。」

「不是生病……」尹菲嘴裡低喃著走近浴缸，神情顯得恍惚，不知是否聽明白我所說的話。

「我一直想跟妳說，我應該早點跟妳說的。」

「你有看到？看到爸爸對媽媽……」

「當時我不在家，不能阻止。」我拉著她退出浴室，讓她到床尾坐下。「他們吵了一架——那時候我還不知道他們在吵什麼——然後我爸就離家出走，他回家那一天他們一定吵得更厲害，才會發生那樣的事。」

「難怪你剛剛一個人在裡面那麼久。」她盯著浴室門說道，兩眼逐漸失焦。

「還有一件事情跟妳想的不一樣，這件事我也是這次回澎湖才知道。妳聽了不要多想，這是他們的事，不關我們兩個的事。媽媽當年有外遇，我們的爸爸不是同一個人。」

我一面說，一面觀察尹菲的表情變化，擔心她一時無法接受這些事實，儘管在我看來，此一對遙遠往事所作的不同陳述，於她而言同樣僅是傳言般不切身的故事。待我說完最後一句話，她臉一沉，低頭看著還拿在她手裡的那件童衣，不發一語。在一陣沉默後，她突然站起身——那件童衣從她膝上滑落到地上——表示想到屋外透透氣，接著便像夢遊般失神地拖著步子往房外走。

「他們就是因為我吵架，對吧，因為媽媽把我生下來。」她下樓時停在樓梯平臺回頭看著我，見我無法反駁她的推論便接著往下走，然後歇斯底里地說著：「媽媽是這樣死的，是因為我……」

到了屋外，尹菲自個兒在院子裡來回踱步，一度拿出她從書房帶出的那兩張相片來看，以修正後的認知重新審視那兩張她才剛認的臉。她的反應超出我的預期，我站遠遠看著她，感覺自己像個被識破身分的冒充者——假冒她同父同母的哥哥——一時不知該如何面對她。她費了些時間獨自梳理、消化真相，然後才走過來細問她生父的事，有關他的身分、他是否知道她的出生與母親的死亡……，無奈我都答不上來，只能告訴她這些事恐怕只有我父親知情。未從我口中問出答案，似乎使她的情緒稍微平復下來；這天她已聽了夠多意料之外的事情，想來已無心力去知道更多。

回飯店的路上，車子剛駛出紅羅，陰灰的天幕就飄起了濛濛細雨，使我想起了學生時代週末假期將盡之時都會感覺到的那份蒼涼感。

「他們真的不知道嗎？」尹菲將頭靠在布滿雨絲的車窗上望著外頭的雨景，突然開口用英語喃喃自語，每說一字哭腔就愈形濃重：「好希望他們還在這裡，可是我不知道怎麼跟他們說……」

我緊握著方向盤，不知所措地聽著尹菲逐漸失控的啜泣聲，糾結的一顆心只望能立刻將她送至她所心繫的美國家人身旁。

◆

從湖西回到飯店後，尹菲說她沒胃口吃晚餐，便直接回房休息。

「我全都跟我妹說了。她好像想家了。」我實在不放心尹菲在房裡獨處，便拜託宣婕下班後過來一趟，替我安撫尹菲。

宣婕前來飯店後，隔著尹菲的房門自稱是她幼時的保姆，曾在慈育替她換過尿布——彷彿這是句通關暗語——待房門打開，宣婕進了門轉頭就將我擋在門外，表示我不在受邀之列。一個多鐘頭過後，宣婕同尹菲來敲我的房門，從尹菲發腫的眼睛可看出她在自己房裡有再哭過。

「哥哥，我知道你不是真的要瞞我。」她在房門邊低頭怯聲說道，過了片刻才抬眼直視我，示好般地說：「我好餓，我們等一下去吃東西。」

尹菲回房後，我向宣婕打探她倆在房裡談了些什麼，她只故作神祕地說我用不著知道，同時要我好好學習如何跟小女生相處。我送她下樓，她在飯店外跨上機車，臨走前用手指勾了勾我褲腰上鬆垂的皮帶尾巴。那日我們從西嶼東返，她和我一道回了飯店，我們在房內摸黑擁吻之際，她為解我皮帶不知扯弄了多久，事後發現皮帶環硬是被她扯壞了。她垂著眼羞赧地說道：「真的繫不緊。你拿下來，我可以幫你縫縫看。」

翌日，凱翔邀我們兄妹倆同他親友一行搭船去南方四島其中一座無人小島露營。船程中，尹菲和凱翔的菲律賓籍妻子用英語暢聊許久，還與船上的孩子們玩在一塊兒，見她開朗的樣子令我放心了不少。登島後，我和凱翔在岸邊合力搭帳，此時我對他說起了尹菲那與他有幾分相似的身世——他們生父的身分都是不解之謎——他聽後問了個尹菲也問過我的問題：我知道母親外遇一事後，是否能較寬容地看待黃霖的罪行？尹菲說她想了一整夜後，覺得自己無法真的對某個她只在照片上見過的人心懷愛恨之情，而我也坦白地告訴她，我曾因無法理解我父親的行為而怨恨他，但如今想來卻覺得自己即便在昔日最悲痛的時候也未能真正去恨他。

當天入夜後，我和尹菲登至島上最高的岩礁，在星空與大海的環繞下，感覺彷彿置身世界的中心，若非底下沙灘搭了帳、生了火，不然可真有孤島漂流記的感覺。

「凱翔很有趣。」尹菲說，朝著下頭坐在篝火旁的凱翔揮手，「他英語說得不好，一定是太少跟他老婆聊天了。」

「他有跟妳說他的故事嗎？」

「有，他說羨慕我有新的爸媽，他很早就想換新的。他還說了你跟宣婕姐姐的事。」

「他跟你亂說什麼了？」

「你還把我當妹妹，對吧？」尹菲挨近我，用一種古靈精怪的淘氣表情看著我，「那就跟我說說你跟宣婕姐姐的事，你們不像很久沒見的樣子。」

「妳們昨天不是在房間講了很久的悄悄話嗎，她怎麼跟妳說的？」

「我問了，但她叫我來問你。」

「這種事，小孩子不要問太多。」

尹菲往後一坐就地躺了下來，枕著手臂仰望繁星點點的清澈夜空。自從見到尹菲後，我便開始揣想母親當年知道自己懷了她時，也許並未作那麼多考量——在丈夫與情人、家庭與婚外情之間搖擺不定——而是單純出於母愛選擇孕育肚中那將會成為尹菲的小生命。

「我在想，媽媽是不是沒有……」尹菲心懷顧慮地看了我一眼後，接續著說：「沒有跟我的親生爸爸說過我。」

「我真的想不到那個人會是誰。」我坐到她身旁，跟著抬頭望向那既深邃又彷彿觸手可及的星海。「對了，妳有跟美國的家人講這些事嗎？」

「我媽媽好像聽出我有心事，但我沒跟她說。等我回美國再跟他們說。」她撐起身子坐了起來，嚴肅地問道：「哥哥，我回去之前，你可以帶我去找你爸爸嗎？他可能知道我爸爸，但是我怕他會不高興見到我。」

「我可以帶妳去問他。不過去之前，我們要先去一趟鳥嶼。」

第九章

動身前往東臺灣找黃霖之前，尹菲與我先登上鳥嶼，一同為母親撿骨。上回見佩晴姑姑時，她告訴我這是黃霖的意思，他已替母親在島上的納骨塔買了塔位，並交代姑姑哪天我若回到澎湖，就由我去辦這件事。姑姑已事先替我辦妥了相關起掘手續，她在電話中還表示我可以帶尹菲同去，我聞此不禁納悶這安排是否亦為黃霖的意思。

那天清早，我們就前往岐頭碼頭與兩位撿骨師會合，一同搭僱船前往鳥嶼。在船上，較年老那位撿骨師向我們大致說明了撿骨的流程與禁忌；原先我還擔心身為基督徒的尹菲對此種殯葬習俗會有所忌諱，不過她聽後倒也沒多作考慮，似乎慶幸在離臺之前有此機會至母親墳前悼念。

抵達鳥嶼後，尹菲開始顯得心神不寧，問我一會兒見到姑姑怎麼稱呼她為好，她總覺得跟著我喊「姑姑」不太合適；比起即將在墓地見到的母親遺骸，面見島上這位與她毫無血緣關係的長輩似乎更令她緊張不安。這回登門，育興表哥一家已返回馬公，姑姑家只見姑姑與姑丈二人。姑姑招呼尹菲進門時十分客氣，臉上隱約流露歉疚的神色，可見此次會面她也沒少緊張。姑姑和姑丈忙著盤點事先為我們備好的撿骨需用器物，一面和尹菲聊起在國外生活的情況。當我告訴姑姑我們打算去宜蘭見黃霖時，她面露難色來回看著我倆，好似擔憂我們此去是要找黃霖問罪。

「姑姑，妳上次跟我說的事，我都跟她說了。」我說，以此回覆她憂慮的神情。

「我們只是想問他一些事。」尹菲說道。

「去見一見也好，看能不能把心結解開。」姑姑和尹菲對了一眼，隨後兩人如釋重負般卸下拘謹的神態。

「上次妳給我的地址，他應該還住那裡吧？」我問姑姑。

「你沒有先打電話問他？」她見我語塞便心領神會地說：「我等一下打看看，跟他說你們會去。」

在姑姑家小坐片刻後，姑姑便領著我倆與撿骨師穿過村落、往東北邊的墓地走，途經島中央那座納骨塔時稍作停留，這兒便是母親遺骨日後的存放之所。尹菲一路上走得很緩，小心翼翼地避開腳下的無名墳塚和遍地騰跳的蟋蟀，邊走邊讚嘆這一大片帶海景的旱草地美得一點也不像墓園。抵達母親墓前，尹菲盯著墓碑看得出神，隨後閉起眼來一動不動，像是在諦聽什麼聲音，也許是北面崖壁底下低微的浪濤聲，抑或期盼能聽見來自地底的低語。

姑姑將祭物和一會兒要用以清理骨骸的牙刷、紙巾等物交給我後，就先行返家。

完成了祭拜儀式，那兩位撿骨師便爬上母親的墳塚拄起鋤頭，那一幕使我不合宜地聯想到往月球表面插旗的太空人。在他們開掘墳土之際，我們被要求退避勿視，只聽見背後傳來此起彼落的鏟土聲和細碎的閒聊聲。好一會兒過後，汗流浹背、滿身泥汙的撿骨師喚我們上前察看，我和尹菲來到墓碑前踮起腳尖往墓裡瞧，此時墳塚已被挖出一個長方形的坑，裸露出母親的棺槨，腐朽的棺蓋有被撬開的痕跡，顯然他們已查看過裡頭的狀況。撿骨師遞給尹菲一把黑傘，讓她在開棺時替母親遮陽。

撿骨師掀開棺蓋那一刻，我雙眼緊盯蓋口，半預期會有什麼東西從棺內逸散而出。棺內的景象著實令我驚駭了半晌，當年我在家中浴室及喪禮上所見到的遺體，從外觀上看母親僅僅是闔了眼而已，似有一絲生機，至此則成了一具毫無希望的骸骨。站在墳塚上打傘的尹菲雖緊皺眉頭，不過自始未別開視線，似乎比我更快適應母親面目全非的露骨模樣。那具遺骸仍維持著人形，入殮時所穿的衣服已褪去了色澤，戴著手套的雙手仍在腹部交扣著。母親在地下一直以這般姿勢躺在緊封的棺木內，十數年如一日般維持著靜止狀態——也許只在地震發生時曾輕微晃動——沒有迴光返照、輾轉反側，只有無夢的長眠。這副骨架曾是多麼鮮活地在我面前走動，我揣想它曾經到過的許許多多地方，以及它不曾遊歷的更多地方，如今它哪裡也去不了，像一只由不再遠行的旅人所棄置的空行李箱。它本不會躺在這裡，至少不會那麼年輕就被埋於此處，她的後半生本可能發生的種種一切，從她突然被奪去生命的那一刻起都變得不再可能，她對未來的一切願想與企望自此都成為無法了卻的憾事。

撿骨師下到墓坑裡將母親的骨骸一一從棺材撿入一只桶子裡，最後將她那身衣服剪破、於地上鋪展開來，把桶內的骨骸全倒在上頭。我們生來就是這樣一具骷髏，是身上附著的那層僅堪用數十年的皮囊使我們免於在出生時就立即死亡。我陷入一陣恐慌、眩暈，立時不敢輕舉妄動，深怕一個微小的動作便會粉身碎骨。我和尹菲戴上了撿骨師遞給我們的口罩與棉紗手套，蹲在母親已不成人形、混著碎土塊的成堆骨骸前，不知該從何著手。

「不用勉強喔，如果妳覺得不舒服，我來就好。」我對身旁的尹菲說，然後懷著一股透入脊梁的焦灼感從面前的骨堆中揀出一根彎彎長長的不明骨頭，用牙刷輕輕刷除上頭的土垢。

「你手上那是肋骨。」那位年紀稍輕一些的撿骨師在一旁點了根菸，教我們分辨骨頭的部位，「那一節一節的是脊椎骨。扁扁的是骨盆。」

「好怕不小心弄碎。」尹菲觀察一會兒我的動作後，拾起一節脊椎骨，以紙巾小心翼翼地擦拭起來。

我將清理過的肋骨與骨盆擺在一塊兒，想著尹菲與我曾蜷縮在母親這兩塊骨頭之間，待上近一年的時間，彼時我們也是她體內的一部分骨頭。

「這是媽媽彈琴的手。」尹菲像個研究古人類生活習性的考古人員，將母親的手骨拿在手中細細察看。

「這算是妳們第一次見面，是該握一下手。」我說，試著緩和肅穆的氣氛。

「第一次見就碰到骨頭，這樣可以說是……最親密的接觸？」

「我想她不會介意。」

我們談論著母親，像是私下談論一個不在場的第三者，但其實她就在我們面前，只是她已沒有耳朵傾聽我們談話，沒有眼睛與我們相視對望，也無法開口回應或是對我們微笑，而她腦袋中也再無留存她對於我們、對於任何人和她對自己的記憶。

「感覺她在這裡，又不在這裡。」我將母親擦拭過的頭顱擺回地上，又凝神看了一會兒，那種「看透」一個人的奇異感受至今仍令我難以忘懷。

「哥哥，你相信媽媽還在某個地方嗎？」

「妳是說，像天堂那樣的地方？按妳的信仰來說。」我看著眼前的枯骨，實在很難將之與永生、不朽等概念聯想在一塊兒，只得對尹菲直言道：「我自己是不這麼想，但我覺得只要有人還記得她，她就不會真的消失。現在多了妳，多了一個人記住她。」

「可是我只能看照片去記她的樣子。真希望能有一些回憶，跟媽媽相處的回憶。」

聽尹菲這麼一說，我不禁對自己方才所說的話感到心虛、慚愧。我和她不同，母親與我實際生活過，我腦中有許多我們二人的共同回憶，然而在她死後這十多年來，我可曾善盡追思之責，讓她草草落幕的人生得以在我腦中短暫重映？若非此次回澎，許多與母親有關的記憶恐怕仍深埋在我腦海深處，甚至連她的模樣都再難喚出。

待我們將母親的骨骸都清理乾淨後，撿骨師拿起鏟子搗毀了墓碑。此時尹菲朝挖空的墳塚望了一眼，使我想起「把祕密帶進墳墓裡」這句俗語；也許母親至死也未對黃霖說出尹菲生父的身分，出於保護此人或是為免激怒黃霖而死守這個祕密。

末了，當撿骨師對母親的骨骸做最後的清點時，我和尹菲走到懸崖邊，望著底下的峭壁、大海及浮在百來公尺遠外的南面掛嶼。

「這裡為什麼叫鳥嶼？好像沒有看到鳥。」尹菲問道。

「可能已經不是候鳥過境的季節。」我說，霎時想起黃霖曾提過鳥嶼一名的由來：「妳看下面那個內凹的小海灣，像不像鳥窩。」

「像。原來是這樣。」

有好一會兒我們都默然無語，方才在母親墓前經歷的生死接觸令我們餘悸猶存，尚未完全緩過神來。我從口袋取出一只陪葬母親十多年的手錶——撿骨師將母親的衣鞋、手套等遺物都裝進一個塑膠袋裡，這只手錶則被隨意丟棄在一旁的草叢中——破損的皮革錶帶已褪成淡淡的土黃色，錶面刮損嚴重，幾乎看不清底下的錶針。我依稀記得自己是在守靈時為母親戴上這只錶，不過我已忘記當時為何希望她戴錶入土。我想像這只十多年來無人瞧過一眼的手錶，在母親下葬之初（彼時其體內的生理時鐘已然失效）仍舊死板地持續走了一段時間，指針在她手上無動於衷地轉了一圈又一圈，直到錶變鬆了、電力耗弱，它才漸漸失準、趨於停止。母親已脫離了永無止盡的時間進程，不需再遵循二十四小時制的晝夜作息，無需趕赴其他地方或是及時完成某項計畫，所有事物再無輕重緩急之分，亦無期待或懊悔之事。她已經沒有時間了。她有的是用之不盡的時間。停轉的手錶於她方為準時。

「我有看到你撿起來。」尹菲看著我拿在手中的錶問道：「是媽媽以前喜歡的手錶？」

「我記不起來了。我也不知道剛剛為什麼要撿起來。」

「還在走嗎？」她湊過來用手指抹了抹模糊不清的錶面。

「停了。應該很久以前就停了。」

撿骨師朝我們招手，是時候離開墓地了。我低頭瞧了手錶最後一眼，然後往懸崖邊走近幾步，將它拋向底下的大海。我倆直盯著那只手錶在風中飛了一會兒後無聲地落入海面，隱沒在翻湧的浪濤之中。

當天下午，姑姑同我們乘船回到澎湖本島，將母親的骨骸送往馬公一處火化場，而後由姑姑將母親的骨灰帶回鳥嶼。

在馬公同姑姑與母親分別後，我和尹菲便回到飯店收拾行李，趕搭傍晚飛往臺北的班機。

飛機在暮色中升空，機翼下方狹長形的澎島隨高度拉升漸漸在海中縮小，最終消失於視野之外。尹菲久久凝望著機窗，再度飛離她的出生地似乎令她相當感慨。飛上雲端後，底下的茫茫大海隱沒在雲海之下，此時我突然想起了那只被我丟入鳥嶼海中的手錶，記起它原是戴在我的手上：我剛升上中學那會兒，母親應我所求帶我到馬公一間鐘錶行買錶，當時她也為自己買了一只和我同款、不同色的手錶——我挑的是褐色，她挑的是藍色——後來我越發覺得她挑中的藍錶更好看，經我百般懇求下她才勉為其難地同意與我換錶。我還憶起那只藍錶在我赴臺求學的頭一年就不慎摔壞，連簡爸也無法修復。這些令人無限惋惜的往事逐一在我腦中展開，在機上，我便將這兩只錶的回憶娓娓說予尹菲聽。

◆

抵臺後，我們在松山機場周邊一間旅館過了一夜，翌日便租車開往宜蘭。

車子開上高速公路，我和尹菲聊起了美國大學的風氣、昂貴的學費以及她日後的生涯規劃。聊起這類話題使我不禁暗暗羨慕起尹菲，她還如此年輕，大好人生才正要起步，數不盡的新鮮事物尚待她一一嘗試，迢迢前路仍允許她做許多大膽的急彎轉向。都說養兒育女的樂趣之一，便是伴孩子一路成長的過程中自己好似又重活一遭，我發現為人兄長也能體驗到這般於後輩身上再生的感受，這或許部分是因我的年紀比尹菲足足大上一輪。

尹菲提到她打算利用高中畢業之後的「空檔年」（我是頭一回聽到這個詞）駕車走遍美國各條州際公路，邀我屆時赴美與她同行。

「我們可以從西岸開到東岸，也可以往北，越過加拿大去阿拉斯加看極光。」

「在那之前，妳得先邀請我去參加妳的高中畢業典禮吧。」

也許是意識到這些約定不見得都能實現，抑或想到尹菲返美在即、我們兄妹倆將再度遠隔千浬大洋，車內頓時瀰漫起傷感的氣氛，有好一會兒我們靜靜聽著廣播電臺播放的西洋老歌，望著前路不發一語。

我們中途下了石碇交流道，在休息站用午餐。隨著我們逐漸東行，我開始感到焦慮。踏上這趟為尹菲尋父而找上我父親的旅程，感覺我倆彷彿扮起了私家偵探，重新追查一件仍有諸多疑點未解的懸案，然而我們似乎都未盤算好屆時見到此案的唯一知情者時該如何問明真相。

「我爸應該知道我們要去找他了。姑姑說他還住在這地址。」我將姑姑寫給我的地址條攤在餐桌上，心裡希企此行的路途能遠上一些，盡可能推遲與黃霖碰面的時刻。

「他知道我跟你一起去？」尹菲反覆咬著手中那杯可樂的吸管，顯得心事重重。

「我沒問姑姑跟他說了多少，也可能只知道我要去。」

「我在想，如果要見的真的是我爸爸，我是不是也會這麼緊張。好難想像。」

尹菲接了通張女士從南部打來的電話，母女倆約好明日在桃園機場會合、搭機返美。她在電話上對張女士告稱她正和我前往宜蘭見「我們的爸爸」。

「她沒什麼反應，」她掛了電話，有些難為情地說：「只是叫我明天跟她說見面的情況。」

「其實妳可以告訴他們。妳擔心的事情，我相信他們不會介意。」

「哥哥……」她皺眉沉吟片刻，噎著什麼話講不出口。「你剛知道的時候——你老實說就好——有覺得我討厭嗎？你一定……我覺得你應該很討厭我的親爸爸，如果不是因為他，媽媽跟你的爸爸可能還好好的。」

「沒有，真的沒有，我不討厭妳。」我連聲說道，這也確實是我的肺腑之言。「至於妳爸爸，有一點我比較不能理解，如果他知道……假設他知道媽媽死了，也知道妳是他的女兒，為什麼他都沒有出現，還眼睜睜看著妳被送去美國。」

「我也很想知道。」她看著桌上那張記著黃霖住址的紙條，一番沉思後說道：「以前我美國的爸媽騙我，讓我以為自己在臺灣一出生就被拋棄，有一段時間——在我還很小的時候——我很想要得到一個臺灣的地址，找到生我的爸媽，問他們為什麼不要我。我會自己幫他們想很多苦衷，這樣想，就不難過了。」

「也可能妳爸爸什麼都不知道，才會什麼都沒做。」

「你有沒有什麼話想問他，或是跟他說？」

「妳是說……問妳爸爸？還是我的？」

「如果兩個都可以問的話……」

除了向黃霖打探尹菲生父的身分與下落外，我是否還期望透過此次會面獲得某種解釋、定論或是真相以外的東西？也許聽他親述過往的犯行與動機（如若他今時已肯對我訴說），或是一睹他當前的生活景況，這段長久以來不明不白的往事便終可結案？

「也許，」我思考許久後說道：「我會想知道媽媽在最後……在她死之前……本來有什麼打算。她是不是想過帶著妳離開我爸，是不是想到了可以救她自己的辦法，只是來不及去做。」

午後，我們重新上路，在高速公路上穿梭於一個個隧道，出了十餘公里長的雪山隧道，廣闊的蘭陽平原和遠處山腳下林立的溫泉飯店便映入眼簾，接著再往南行駛十多公里，於羅東下了交流道。穿過羅東市區後，我們沿著羅東溪堤道往上游的寒溪村駛去，最後將車子停在寒溪吊橋附近，步入村內的小巷，按地址上的門牌號碼尋找黃霖的住處。我邊走邊納悶，他怎會從臺灣西南方的澎湖渡海來到臺灣東北角這個僻靜的溪谷小村，他是否認為退隱至一個無人認識他的地方始能擺脫過去的陰影、另起一段人生？

黃霖留給姑姑的住址，是間帶鐵皮屋頂的小平房，屋前小院的曬衣架上除了男人的衣褲外也見有女裝，顯然有女人和他同住在此。應門的正是那位與黃霖同居的女人，她個子不高，一側眼周（我已記不清是左眼還是右眼）有片延伸至耳鬢的暗斑，相貌看來年約五十，但我說不準她是否比黃霖年輕，畢竟我腦中記的仍是他三十多歲的模樣。她正等人上門，而且已候了多時。

「你是翊軒嗎？阿霖的兒子？」她的口音聽起來明顯來自中國，隔著花格紗窗見我手裡拿著紙條，沒等我開口便猜到我是誰。

我可以稱呼她「陳阿姨」，她笑盈盈地說。

「你爸爸跟我說你會來。」

「他在嗎？」我問。

「他在山上養魚，上面有一個養魚場，路不好找。你是開車嗎？我跟你說怎麼走。你爸在那邊等你。」

這位陳阿姨迎我們進屋，然後在狹小的前廳找了紙筆為我畫起路線圖。前廳只擺了一張圓木桌、一張長凳和一臺洗衣機，依房子大小來看，過道後頭的空間大概只容有一間睡房及一間浴廁。看起來，應該只有他們二人住在這裡。不得不說，黃霖並非獨身這點令我有些意外——儘管已有母親曾經外遇這層認知，但親眼見到自己父母同第三者一起生活則又是另一回事——不過仔細想想，我又因何預設他出獄至今都是獨自生活？此時他重返社會應有六年了，他身邊有個女伴也無可厚非。以初次見面而言，陳阿姨對我的態度可謂異常親切，像是對待一個熟人，一個她平時常聽人講起、如今終得以一見的人；我好奇黃霖對她講述自己的故事時既提過我這個兒子，不知是否也將母親的事如實告訴了她。然而，我注意到進門至今，陳阿姨都未特別留心與我同行的尹菲，似乎不曉得她與我和黃霖三人之間的關係，要嘛姑姑在電話中未對黃霖提及尹菲回國的事，不然就是他不曾對這個女人提過我有個妹妹。

陳阿姨要我坐到她旁邊，以便向我解說她筆下那張路線圖上一處容易拐錯彎的岔路口該如何正確地轉向。此時，我抬頭與站在門口處的尹菲對上一眼，她的眼神中蘊含某種暗示，似乎示意我打探眼前這個女人與我父親之間的歷史。

「阿姨，妳跟我爸是在澎湖認識的嗎？」我一時半刻只能想出這問題。

「不是，」她暫時放下手中的紙筆，緬想道：「他剛來臺灣的時候跟我在桃園認識，後來他聽說這裡有養魚的工作，我就跟他一起過來。你爸說在一個地方住太久，會讓他想起關在裡面的日子。」

「這樣聽起來，認識沒幾年。」

「他以前的事，我是知道一些。」她欲言又止，似乎猶豫是否要讓我知道她知道了哪些事情。

我沒有往下追問，而她也埋首接續完成那張路線圖。當她送我們到屋外時，終於耐不住好奇心，問起我身旁這個女孩與我的關係。

「這是你女兒嗎？長得真高。」

「不是，」尹菲見我不知該如何澄清的窘樣，便替我答道：「我只是陪他來，一個朋友。」

「不是哦。你爸常常在想你是不是結婚生孩子了。」

我們上了車，按照路線圖往山區深入。方才一離開那屋子，我身旁這位「朋友」便為她情急之下所扯的謊感到難為情，這會兒在車上她則細細玩味起自己被那阿姨誤以為是我父親的孫女這事。有件沒問明白的事令我們同感好奇：陳阿姨僅是我父親的同居女友，還是已成了我名義上的繼母？我們猜測她曉得黃霖過去入獄的原因，但可能並不全然知曉其中的隱情。我們在山腳下最後一個岔路口拐上一條沒鋪柏油、寬度幾乎無法會車的山間林道，往上行駛十多分鐘後，抵達了那個位於深山野林之中的養殖魚場。

我們將車子停在魚場入口處一塊看板旁邊，看板上頭標示著此處養殖的各色魚種，有鱘龍魚、吳郭魚、鱸魚、鱸鰻等等。幾隻守在入口附近的狗立刻圍到車邊來，警覺地嗅聞起車胎。我們前頭停了輛車，車主似乎是一對在魚池邊徘徊的男女。過了片刻，一個身穿吊帶連身防水褲的男人走入我們的視線中，他提來一袋魚交給那兩位買魚客。雖隔了段距離，但我還是認出了黃霖，他身形沒以前那般精瘦，看上去也不若我記憶中那樣高大。

「穿防水褲那個，就是我爸。」我對副駕駛座上的尹菲說，仍未將車子熄火。

「現在，要下車了？」

尹菲看著車外的黃霖，舉棋不定地抓著車門把手，顯得有些不安。見她繃緊神經的模樣，我立刻產生了保護意識，心想黃霖有可能至今仍對母親當年外遇之事耿耿於懷，難保他不會對尹菲抱有敵意。

「哥哥，他們當時在家裡……在浴室裡面吵架的時候，我也在家嗎？」尹菲沒來由地問道。

「妳在，怎麼了？」我隨即意會到，她可能想知道黃霖在奪去母親生命後是否曾想傷害她。「我們可以掉頭就走，如果妳現在覺得不想見他的話。」

「他們走過來了。」她朝擋風玻璃外頭指了指。

黃霖正跟在那兩個拿到魚貨的客人後頭朝我們停車處走來，此時他已注意到我們這輛車，邊走邊從那兩人的肩膀上方探頭往我們這瞧。待他送走前頭那輛車後，我們才迫不得已推開車門。

黃霖大手一揮，驅散車子周圍躁動的狗，見我下了車，他臉上露出一抹摻雜著憂慮的喜色——如果可以這麼形容的話——飄忽躲閃的眼神中多了幾分冷峻與倦態。近看之下，他的背駝了，臉垮了些，鼻子兩側的法令紋顯得更深、更長，頭髮間雜許多灰白髮絲，髮量也不如以往。他在我看來明顯老了許多，我想自己在他眼中亦是如此。他開口用依然如故的聲音喚了我的小名——單一字「軒」，我已許久沒聽人這麼叫我，當下感到極為彆扭。我對他點了點頭，將嘴裡那聲「爸」吞了回去。他越過車頭瞅了瞅從副駕駛座跨下車的尹菲，問我那是不是我妹妹，隨後便轉身領我們往車道旁的鐵皮屋走。我就是在此時注意到他後頸那塊粗糙、乾癟的皮膚，心裡頓時感到一陣戚楚；在獄中，人生雖然停轉，人卻一刻也不會停止變老。

那間鐵皮屋不大，但生活起居所需的東西應有盡有，七、八坪大的空間擺了一張摺腳圓桌、一臺正播著新聞的電視、一張兩人座的籐椅、冰櫃及一架大型風扇，角落有個磚砌灶臺，後頭連通的小隔間裡還擺了張摺疊單人床。屋子開了幾扇大窗，從屋內即可將魚場大大小小數個魚池盡收眼底。黃霖拿了兩張塑膠凳給我們坐，接著就到後頭的單間換下身上的防水褲。一隻毫不怕生的虎斑貓溜進屋內，在我和尹菲的腳邊慵懶地來回磨蹭。我們默默等著黃霖換衣，忽然間，我意識到此時此刻我們三人在此聚首有多麼戲劇性：我們——曾在同一屋簷下生活的三個人——在久別十餘年後，為了已無法現身的第四人及身分不明的第五人，遠從異地齊聚到宜蘭深山這個人跡罕至的養殖魚場……

黃霖換了身格紋襯衫，拿了張塑膠凳坐到桌子另一頭，然後伸手關掉他身後的電視。

「你住這裡嗎？還是跟山下那個阿姨住？」我等了一會兒，見他沉默不語便率先開口。

這般與他對坐使我想起當年探監的情景，一些常年冰封於心底的情緒又再度流動起來。

「這裡要有人顧，怕魚被偷。常常就睡這裡，她有時候會上來一起顧。」他半抬起頭來說道，說話時嘴角與人中的皺紋絲絲浮現。

「你再婚了？」

「沒有。」他急忙澄清，並補充了一個似乎不構成理由的事實：「她離過婚，小孩在大陸。」

我納悶既然那位陳阿姨會上山來陪他看顧魚場，他怎不乾脆請她為我們帶路、同我們一起上山？他是否不希望當我們三人談起從前時有她在場？

「我們去撿骨了。火化之後讓姑姑帶回去烏嶼。」我說，同時意識到他可能會誤將此話視作控訴，不過即便如此，他也沒得反駁；若他親眼見到母親因他變成了什麼樣子——確切來說是因他而沒有了樣子——不知會作何感想。

「你姑姑有跟我說。」他眼簾低垂，把雙手放到桌面上來，移開桌上的電視遙控器、水壺等，在面前清出一塊不知打算做何使用的空間，最後則又拿起水壺，為我和尹菲各倒了杯水。進屋以後他就未再看向尹菲。

他的手顯得粗黃、乾皺，手背上那幾道浮凸的青筋好似要穿皮而出。當年去監獄見他時，他那雙手是擺在隔音窗後面，當時我盯著他的手瞧了很久，以致每當我事後想起那次會面，腦中總會浮現他那雙手以及他最終將手縮到桌子底下的畫面。過去，這雙手總散發一股平板、沉悶的木屑味——老家後院那間堆滿木料與木工品的小寮子也瀰漫著這股氣味——如今他身上已聞不到這股氣味，取而代之的是淡淡的魚腥味，以及一股老人身上特有的異味，很像是土壤的味道，小時候我在奶奶身上也聞過類似的氣味。

沉默延伸著，感覺會無限延伸下去。果真如姑姑所言，他出獄後話確實沒以前多了。我和身旁的尹菲對了一眼，她看起來像是有話要說，可能盼我抓緊時機切入正題。正當我準備向黃霖表明此行的目的時，他率先打破沉默：

「你姑姑說你有回去澎湖的房子。你是看到我留的字條才來找我嗎？」

「什麼字條？」我看向同樣一臉疑惑的尹菲，她對我們父子倆搖了搖頭。「你寫了什麼？」

「沒什麼。只是要你看到來找我。你們兩個要回去住那房子？」

「沒有。她沒有要留在臺灣。我現在住臺北。」我答道。

「我明天就要回美國。」尹菲對著黃霖開口說了第一句話，他們二人好似戲路完全不同卻硬是被安排同臺對戲的演員，顯得極不相配。

這些不著題的尋常對話令我心裡隱隱不適，表面上平和的氣氛實與我想像中的對質場面相差甚遠，感覺彷彿在場所有人正共謀掩蓋一樁罪行。

「她像她媽媽。」黃霖瞥了尹菲一眼後，看著我說道。

「你也有收到我的信嗎？」尹菲拘謹地向黃霖問道：「我從美國寫信找臺灣的家人，哥哥有收到。」

黃霖搖了搖頭，未再抬頭看尹菲。我感到他似乎已預料到我們想問些什麼，並已準備好聽我們發問。

「姑姑跟我說了，」我任話語自嘴裡一字字瀉出：「媽媽外遇的事，也知道你不是尹菲的親爸爸。」

我負疚瞥了尹菲一眼，覺得自己這般直白地道出她的身世有辱於她。她先是低頭盯著自己交握在桌底下、此刻絞得老緊的手，但很快又抬起頭來望著黃霖，等他親口證實她的身世。黃霖聽後並沒有顯得太意外，只是默默板著臉，將桌上的水杯拿到嘴邊，還未就口即轉頭望向窗外的遠景，過了一會兒視線才拉回屋裡，並將那杯他沒喝上一口的水擺回桌上。

「不是。」他對尹菲說，目光在她身上停留了片刻。接著他轉向我問道：「你姑姑還有跟你說其他的嗎？」

「姑姑說她不知道尹菲的親爸爸是誰。還是其實她知道？」

黃霖再度陷入沉默，不過由其神情可看出他正在猶豫，或許猶豫要不要說出某件我們尚且不知的事情。

「是因為我的關係，」尹菲突然出聲，以漸弱的聲音詢問黃霖：「因為媽媽生下我，你發現之後才會……」

黃霖沒等尹菲問完，目光就從她身上移開。此刻以前，他都表現得相當沉穩，至此則首次顯露出情緒的波動。他頹喪地盯著桌面上那塊他方才清出的空間，彷彿那兒擺著一份隱形的自白書。

「你們那時候就是因為這件事吵架吧？」我盡可能以不帶情緒的語調追問。

「對，我知道之後開始吵，」他盯著桌面說道，嘴巴微微顫動著，聲音一下子蒼老了許多，「錯在我，我做了怎樣都不能做的事，最大的錯事。」

我看得出他正極力壓抑著即將潰決的情緒——可能已有段時日不再困擾著他的情緒。我不禁要想，我們這般闖入他在此處尋得的新生活，要他為一件已在獄中受刑的罪過再度受審，對他似乎有些殘忍。片刻後，他稍稍按捺住激動的情緒，站起身來往後邊的連通道走了幾步，隨即又折返回來，站在電視櫃旁邊擺弄一串鑰匙。我們觀察他這一連串不知所以的動作，等著他入座把可能還沒說完的話接著往下說。當他終於坐回桌邊時，看似在心裡暗自做了某種決定，接著開口對我說了一句令我和尹菲都困惑不已的話：

「你也不是我的小孩。」

「我也不是你親生的？」、「媽媽不只一次外遇？」、「那我爸爸又是誰？」我急切地想問清黃霖那句弔詭的話究竟是何意。「我跟你媽媽都跟你沒血緣，生你的是別人，你很小我們就收養你。」黃霖矯正了我的思路，然而此話卻令我更加迷惘。隨後好一段時間——也許有半小時，或一小時，在那震驚、迷亂的心理狀態下時間感變得紊亂而不可靠——他斷斷續續地講述我與尹菲二人相互糾結的身世（他因前者而知道了後者，兩者併致使他犯下過去那件罪行），其間穿插了我們的質疑、求證、追問、再三確認以及他深陷回憶之中的停頓，最終拼湊出一段澈底顛覆我固有認知與記憶的故事：黃霖與母親在我一歲大時收養了我（正與尹菲出養時的年紀相仿），那是他們婚後的第二年，兩人仍居住在相遇地高雄。母親與我生母從高中時代就認識，她們還上同一所大學，而我生父則是母親大學時期在餐館彈琴認識的同事，他與我生母是在母親介紹下認識，當黃霖與母親相識時，我親生父母已訂了婚。「你爸是廚師，本來好像等你大一點，要跟你生母開一間店賣吃的。」黃霖說，然而在我還不滿一歲時他們發生了一起嚴重的交通事故，我生父駕駛的車子在高速公路上打滑、遭數輛煞車不及的後車撞上，同車的有我生母與祖父，兩人均傷重不治，而我當時不在車上，才得以幸免於難。我生父雖在那場車禍中倖存下來，但身受重傷，住院數月期間還曾試圖輕生。那場意外一發生，我就暫由母親與黃霖代為照顧，在我生父那回尋短未果後，母親便認真考慮收養我一事；也許因為我親生父母是由她所撮合，她覺得在我生母不幸去世後有義務替她照顧幼子。此事母親獲我生父同意後便與黃霖多番商量，最終說服了他。辦完收養手續不久，黃霖與母親就帶著我從高雄搬至澎湖，從此對外隱瞞起我的身世，也未再與我生父往來。「對，你姑姑一直都知道。你奶奶不知道。」黃霖說。十多年過去，他們在澎湖將我視如己出扶養長大，始終對我嚴守這件身世祕密，而我也湊巧與黃霖同血型，不致引起任何人的懷疑。然而，尹菲的出生則使黃霖擔憂起我的養子身分將有暴露的可能，「她出生之後——我那時候還以為她是我親生的——我怕你們兩個血型對不起來，會被你發現你們不是親兄妹。」，他曾向母親提出此番顧慮，但她並不以為意，稱產後並未從醫生或護士口中獲知尹菲的血型。一天，黃霖為解心頭的憂慮，獨自抱著數個月大的尹菲上醫院驗血型，結果院方人員告稱尹菲已在該醫院驗過血型了，並語焉不詳地要他回家好好與孩子的母親談談，經他細問之下，對方吞吞吐吐又極為肯定地說了件他本來無意查驗的事情：依尹菲的血型來看，她不可能是黃霖與母親所生的孩子。聽及此處，我和尹菲立刻確認彼此的血型，我是O型血，她是B型血，而母親則是A型血。當天晚上——「對，就是那天，我跟你媽吵架然後跑出去。」——黃霖回到家中立即與母親對質，在他搬出醫院的說法後，她便只能坦承外遇一事。母親聲稱不是有意要欺瞞他，她知道自己懷孕時也無法肯定孩子的生父是他還是外遇對象。「她一直不說跟誰外遇，只說已經結束了，懷孕之後就沒跟那個人見面。」黃霖陷入泥淖般的回憶獨白之中，似乎已然忘卻我與尹菲在場傾聽，「然後她求我原諒，但我沒辦法，沒辦法再看到她跟小孩。」他離家出走那些天，開著以前家中那輛貨車在澎湖四處亂晃，當他心中的屈辱與憎怨稍微消退後，他開始思考家中此番局面——不忠的妻子、身世不明的孩子與一名養子——該如何收場。「我以為自己冷靜下來了，回去之後可以跟你媽好好講，但是在家裡看到小孩，看到你媽在浴室睡著，我情緒就突然上來。我用力拍她的臉叫醒她，然後說了很多很難聽、很難聽的話。」在他一番言語羞辱下，母親卑微求和的態度逐漸鬆動，最後黃霖要求與她離婚，並宣示離婚後我的監護權得歸他，此話也許令母親意識到他倆的婚姻已無可挽救，使得她終與他撕破臉。黃霖未再細述當天他在浴室裡的所做所為，只說母親當時對他說了一件事，令他徹底失去理智；緊接著，他表示自己極度懊悔當初發覺母親沒了氣息時未試圖對她施救。「她講出一個名字，她外遇的對象——就是妳爸爸的名字。」他本看著尹菲，突然轉向我說：「那個人就是你爸爸，你們兩個的爸爸是同一個人。」

我和尹菲的生父是同一人？我們數度要求黃霖複述、確認此話，才終於肯定他沒說錯而我們也沒聽錯。接著，我和尹菲再度愕然相望，當下我面臨一種令人極其迷惑的認知障礙，這已是我們第三度對彼此間的親緣關係產生改觀：首先是由姑姑口中得知尹菲的生父另有其人，接著在黃霖這兒知曉我是養子（我與尹菲不僅不同父，甚至也不同母，完全無血緣關係），最後按母親在家中浴室對黃霖供出的名字，我倆實為同父異母的兄妹。我們的身世是如此離奇而相似，尹菲是由我的養母與我的生父外遇所生，而我們二人同樣出生不久即面臨被出養的命運。我想起了母親那張此刻被收在尹菲背包裡的孕肚照，當時在澎湖家中見此照片，我還費神依據拍攝背景來推測母親肚裡懷的是誰，如今回頭一想才醒悟那只可能是尹菲，因為母親從未懷過我。當然，最令我訝異的莫過於眼前的黃霖與死去的母親竟能將我的身世瞞得那麼深、那麼久，雖然我們三人只一同生活了十餘年，但迄今為止我都將他們視作親生父母，不疑有他。時隔十多年，我以這份新認知重新回想那晚黃霖離家出走前站在我房門口默默看著我的情景，當時他剛得知尹菲——這個自受孕起就被他當作親女兒盼來的孩子——自始與他無血緣關係，當他看著我時心裡是否有一絲寬慰，心想所幸家中還有我這個如親兒子般一手帶大的養子？然而，後來他卻得知就連我這個養子也背叛了他，確切來說是我的生父與他的妻子一同背叛了他。當年他自首後遲遲不願讓姑姑帶我去見他，是否因為見了我就會令他想起自己蒙受的恥辱？而今他又是如何看待我？

黃霖和我們講述了這些往事後，面露疲態啜飲手中那杯水，而我與尹菲則呆坐著，兀自反芻他所敘說的種種隱情。得知一切真相後，我仍不覺得他的罪行應當受到寬恕，但我可以想見他得知尹菲生父身分的當下，必定是怒不可遏，對母親恨之入骨。

「我跟你們說這些，不是要解釋。」他解釋道：「我做的事我自己知道，沒有人可以原諒我。」

「媽媽跟我……」尹菲看了我一眼後，向黃霖問道：「媽媽跟哥哥的親爸爸一直有聯絡？」

「他在臺灣，我們在澎湖，他怎麼會跟媽媽……」我說道。

「我不知道你媽什麼時候開始見他。我們把你帶去澎湖之後，你媽也沒說過他要來看你，我以為他們沒聯絡。」

「媽媽是不是自己讓他去澎湖看哥哥，沒有告訴你。」尹菲猜道。

「他長什麼樣子？」我問，心想母親可能曾在我不知情下讓我們父子倆碰面。

「他走路一隻腳會跛，車禍傷的，你有印象？有沒有一個叫『薛長運』的人去找過你？」

「薛長運是他的名字？沒有，我想不起來。」

「他知道我嗎？」尹菲問道：「知道我是他的小孩，知道我媽媽死了？」

「我生母死了，養母也死了。」我嘟噥道，心想她們二人都因我生父而死，前者死於車禍，後者死於情殺。

「他那時候不知道。我進去監獄之後，社會局的人本來要聯絡他，問他要不要把你接回去照顧，就是要取消我跟你的收養關係。我跟你姑姑都反對，他們才把你送去育幼院。那時候有人問我，尹菲她爸爸是誰，我都說不知道，連你姑姑我也沒講，因為我怕講出來，會被查出他也是你親爸爸，這樣會被你知道你是我們收養的。」黃霖轉向尹菲懺聲說道：「這我很對不起妳，如果當初我有講出妳爸爸是誰，妳應該可以留在臺灣。」

外頭傳來狗吠聲，有輛冷凍貨車駛入魚場，黃霖說那是餐廳派來載魚貨的車，隨即起身到外頭去忙。他離開屋子後，我頓時對他方才所說的一切起疑——他片面的陳述是否即為事實真相？對此，尹菲也有同樣的疑慮。

「哥哥，你覺得這都是真的嗎？」她問道。

「我不知道，他說的這些事，我也是第一次聽，以前想都沒想過。但是除了他，我們也沒其他人可以問了。」

「你再想一想，可能你有見過我們的爸爸，只是當時不知道他是誰。」

我再次於回憶中深索，但仍舊想不起母親曾向我引見——不論在澎湖，或是少數幾次與她一同去高雄的時候——任何跛足的男性友人，也沒印象曾聽她或任何人提過「薛長運」這個名字。我想像他與母親失聯多年後設法聯絡上她，盼能前來澎湖見一見我這個失散已久的兒子，而母親可能曾讓他在家中以外的地方暗中看著我，或許某回我與母親在外頭用餐時，他就佯裝成其他客人坐在鄰桌；也許此種不曾被我察覺的祕密會面發生數次後，我生父來澎湖想見的人變成他兒子的養母，亦即他亡妻的密友，兩人便由此發展出婚外情？可想而知，他倆有了這層不正當的關係後，母親就更不可能背著黃霖讓我生父與我當面接觸、相認。我看著尹菲，知道她將母親之死歸咎於自己的出生，突然感到自己能更切身地去同理她為母親的死而自責的心理，因為母親的外遇對象（也就是尹菲的生父）不是別人，正是我的生父，若尹菲自認是罪魁禍首的話，那我便也是她的幫凶。

那輛載運魚貨的車子駛離後，黃霖仍遲遲未返屋，於是我和尹菲走到屋外，打算找他探清我們生父的下落。魚場某處不斷傳來狗吠聲，我們循聲在魚池邊堆放飼料袋的遮棚下找到黃霖與兩隻躁動不安的狗。他見我們靠近立即出聲制止，指著飼料堆底下的木棧板說有條眼鏡蛇躲在下頭。我和尹菲彎身查看，那兒果真有條蛇，牠正緊緊絞繞一隻奄奄一息的老鼠。

「前幾天巡魚場就有看到。眼鏡蛇很毒。」黃霖說。

「住山上好危險。」尹菲說，揪住我的手往後退一步。

有一會兒，我們三人就杵在那兒，看著那隻老鼠在蛇身的圈圈盤繞中無助地掙扎。當下，我不禁揣想此情此景是否勾起了黃霖的回憶，令他想起最後一次在家中浴室見著母親的畫面。

黃霖並沒有設法將那條毒蛇殺死或驅走，只是搬了袋魚飼料，便開始繞著魚場逐一填補各個魚池邊所架設的自動投餵裝置，尹菲與我則一路跟在他後頭。

「我還是想不起來，媽媽沒有帶我見過跛腳的人。」我對黃霖說道：「你後來有見過他嗎？媽媽去世這麼多年，他難道都沒有出現，都沒有發現我們家出事情？」

「我應該早點跟你們說，」他停下手邊的動作，將飼料袋擱在地上，轉向我們鄭重地說：「他已經死了。」

我愣了一下，他此話乍聽好似在揭露自己所犯的另一樁罪行。

「怎麼死的？」尹菲問道，也許她聯想到的是殉情。

「我進去關的頭幾年，他去監獄找過我，那時候你們兩個都不在澎湖了。後來我快出獄的時候，一個女的——他的女兒——來監獄跟我說他死了，說是得了癌症，發現的時候已經治不了。」

「他還有別的女兒？」我和尹菲異口同聲問道。

「不是他親生的，是他老婆的小孩，他的……繼女。聽那個女的說我才知道他有再娶，他跟你媽媽有來往的時候，他在臺灣已經有老婆了。」

「你說他有去監獄找過你，他那時候沒跟你說？」我問。

「他應該不敢跟我講。」

「那他去找你說了什麼？」

「他說去澎湖的房子找人，跟鄰居打聽才知道我跟你媽媽的事。他來監獄找我是想知道是不是他害的，因為他跟你媽的事被我知道，我才會做那種事。我跟他說妳是他的小孩，他看起來是嚇到，說妳媽沒有跟他說過，連妳媽有懷孕他都不知道。他有問到你們兩個，我跟他說妳已經給美國人收養，他聽到還有點氣，可能覺得我在報復他。」

「可是他在臺灣已經有別的家庭。」尹菲說。

「對啊，就算他早一點知道尹菲的事，也不一定能照顧她。」我說。

「我跟他說，你在臺灣讀高中，」黃霖對我說：「他說會寄錢給你，到你十八歲。」

我回想在臺中唸高中那段時期，確實每隔一段時間會收到一筆匯款。最初，我是在簡爸家接到慈育的電話，對方告訴我有位匿名善心人士願意定期資助我在臺求學的費用。若此人真是我的生父，那他當時要找上我應該不難，但他並沒有那麼做。

「我以為那錢是別人捐的。」我說。

「那個女生，」尹菲對黃霖說：「去監獄跟你說我們爸爸過世的女生，她知道所有事情嗎？我跟哥哥的事。」

「知道。」他說，拎起地上的飼料袋往回走。「她說是你們的爸爸交代她，等他走了來跟我說這件事。他可能覺得我知道他死了，會比較看開。」

「你出獄來臺灣之後，有沒有去確認過……」我對著他的背影問道：「確認他是不是真的死了？」

「沒有。」他放緩腳步，但沒有回頭。「你們先進去裡面等我，我再去看一下那條蛇。」

待黃霖忙完魚場的工作、回到屋裡時，外頭天色已暗，他接了通陳阿姨的電話後，詢問我們是否願意同他們在此吃頓飯，他說可以煎幾條鱘龍魚給我們吃。我不加考慮便婉拒了他，向他表示我們得趕路回去（其實並不趕）。臨走前，我向他問了我生母的名字，他表示自己一時想不起來，接著摸摸褲子口袋，掏出一支掀蓋式的舊款手機，忸怩地問我可否將電話號碼留給他。「我如果想起名字，可以打電話跟你說。沒什麼事我不會隨便打給你。」他補充道，似乎自覺這個要求很過分。我將電話號碼留給了他，心中不由對他生出一份冷澀的溫情；我不是他的親生兒子，而且我的生父還介入他與母親的婚姻，但他卻仍盼與我——且不妄言做回父子——重建某種聯繫。

屋外，浸沒於夜色中的黝黑山林傳出窣窣蟲鳴，魚場周邊的夜間探照燈已經點亮，在一窟窟黑如夜幕的魚池水面打出數道白光，那條眼鏡蛇可能仍窩在同個角落，緩緩將那隻料已窒息或毒發的老鼠吞下肚。黃霖從冰櫃裡拎出幾袋殺好的魚，拿到車邊就往後車廂塞，堅持要讓我帶回去。我先上了車，尹菲一腳跨進副駕駛座隨即定住，片刻猶疑後她說最後想問黃霖一件事，便又跨出車外。他倆在車前幾步遠的地方交談，車頭燈只照得到他們的下半身，從車內無法看清他們臉上的表情，也聽不見他們的對話。尹菲上車後，我發動車子、調轉車頭，黃霖的灰黑身影在後照鏡中漸遠漸小，魚場那幾隻本追在車後的狗回頭圍著他歡快地打轉，許是到了牠們該被餵食的時間。

開下山後，我問尹菲方才上車前她和黃霖說了什麼話。

「我想知道，」她托起下巴轉向車窗，以超然的語調幽幽說道：「在最後，他們兩個吵得最兇的時候，媽媽有沒有說過後悔生下我的話。」

她沒有續說黃霖是如何答復，而我也沒有追問。不論黃霖答了什麼，她顯然已不再糾結於心。

第十章

現在知道一切以後，每當我回顧在澎湖度過的童年歲月——我對此段過去的認知在尹菲來臺那短短幾天已全然改變——我幾乎同時會想像自己在同一時期換上那個曾屬於我的舊名，同我的生父、生母居住在高雄的生活景況（後者於此想像中並未於車禍中喪生），這類平行時空的想像幾經揣摩後愈顯真實，有時甚至覺著像是尋回一段遺失的記憶。

尹菲返美已有兩個多月了，我們不時會通電話，聊起她在美國的生活近況、將來的求學方向以及她那前景不大明朗的戀情；感情這事她直到回美後才和我透露，對方是她高中校內認識的學長，如今已從加州搬至美國東岸上大學。我們也曾隨口談起那難以定期的重聚之日，不過臺、美兩隔，我想我們終究難如期望那般定期能見上一面。當然，我們最常聊及的話題還數她來臺那段歷經波折的尋親之旅，尤其是我們與黃霖的那次會面。那天我們離開宜蘭那處養殖魚場後，我便開車送她到桃園，當晚在桃園機場的飯店內她一直陪我聊到深夜，很是擔心我初聞自己隱祕的身世會一時接受不了，就連隔天我們在機場出境大廳道別時，她臉上依然掛著放心不下的表情。當時她在機場和我說了句特別感性的話，她說來臺灣見了我和母親，使她覺得自己在這母國實實在在多了一個家，而不再只是曾經有過。

尹菲返美不久，她便將來臺所得知的身世祕密告訴泰勒夫婦，坦言她離臺前和我去宜蘭見的那人非但不是她的生父，甚至也不是我的生父，我倆真正的生父實則同為另一個人。她費了好些工夫才向他們敘明我們兄妹倆並不單純的血緣關係，她說自己有時也會搞混，究竟我們是同母異父還是同父異母、甚或沒有半點血緣關係。泰勒夫婦聽聞他們所收養的原是這麼「有故事」的孩子後，雖甚是訝異，卻又說他們當初本就不在意她的出身來歷，就算早些知道也不會將她「退貨」。

兩個多月前，尹菲的尋親之旅告一段落，彼時我自己的尋根之路才正要展開。那日在桃園機場送尹菲與張女士登機後，為了核實黃霖所說的一切，我立刻至鄰近機場的大園戶政事務所申請了一份自己的戶籍謄本。在那份謄本上，黃霖與母親的名字登載於「養父、養母」欄位，他們二人確實曾經不是我的父母。「生父」欄位上的名字「薛長運」也與黃霖所言吻合，另外我還看到了兩個不曾見聞的名字：我的生母「賴晴紛」，以及我親生父母為我取的原名「薛子軒」。見到這個我剛出生時曾短暫使用一年的舊名，感覺就像活了大半輩子才首次發現自己身上一直存在的一個胎記，這印記標誌著一個我曾經歸屬的家庭、一段無緣的失落人生。不僅這個舊名令我感到陌生，就連「黃翊軒」此一跟了我二十九年的名字也頓時顯得空洞而不真實，感覺自己一直以來都是盜用別人（這個名叫薛子軒的本尊）的身分在過活，此人的人生因我的頂替而被架空、從未真正開始，我幾乎要為此替他感到遺憾，彷彿他真是另一個人。看著這份謄本的當下，我感到無比驚異，猶如 份上古時代的羊皮卷軸攤在眼前，得以一窺不為人所知的遠古歷史。這些記載我身世的資料一直以來都在那裡，就存在戶政機關的電腦檔案中，只是我未曾想去查閱。受理申請案的戶政人員告訴我，被收養人的身分證背面「父、母」欄位登載的雖是養父母的姓名，卻不會特別註記他們為「養父、養母」，因此若養父母有心隱瞞孩子的身世，當事人一般難以察覺，到我這個年紀才發現自己養子身分的個案也並非頭一例。戶籍謄本上看不出我生父母的存歿，那位戶政人員為我查調資料後口頭向我證實他們皆已離世：我生母確實在我出生不久就死亡，而我生父的死亡時間也與黃霖所言相去不遠。

那天戶所人員還為我查出我最初在高雄的設籍地址，亦即我出生後的第一個家。數日後，那一週末，我就從臺北搭高鐵南下前往高雄市楠梓區，循地址來到後勁夜市周邊靠近煉油廠舊址的小巷內，找到一棟屋齡應逾三十年的老房子。屋子的男主人表示他在此住了近十年，已記不起前屋主的姓名，對於我生父、生母的名字亦無印象，或許這個家早在我生母死後不久便易主了。這物是人非的探訪結果並不令我意外，我本也只打算來瞧一眼自己與親生父母同住過的房子，並不期望真能尋到其他親屬或是我生父的另一個家庭——他的遺孀、繼女和另一個彼時我尚不知曉的孩子，這個他去監獄見黃霖時向他隱瞞的家庭——即便他們仍居住在此，我大概也不會向他們表明自己的身分。隨後，我搭捷運前往位於西子灣的中山大學，在那紅樓林立的校園走了一圈，一面懷想母親與生母昔日在校生活的光景。我沒有在高雄多作停留，傍晚我便搭客運北返，巴士上了高速公路後，我開始尋思起當年那場死亡車禍可能發生在哪一路段。當時坐在我後頭的乘客攜帶某種小型犬，不時傳來細瑣的低吠聲，我腦中忽然冒出一段極為生疏的記憶，想起小時候母親聊到她嫁給黃霖之前在高雄生活的日子時曾和我提過的一個人，而此人很可能就是我的生母。起初我想到的不是這個人，而是母親在高雄養過的一隻狗：狗主人本來是母親一個很要好的友人，後來此人不幸在意外中去世，母親便將這隻狗接回去照顧。或許母親這位友人遭遇的「意外」是場車禍，或許她們根本沒有養過狗——我不記得母親說過這隻狗後來的去向，牠並沒有出現在我的童年記憶中，可見當年我們從高雄搬至澎湖時母親並沒有帶上牠——而母親當時提及的「小犬」指的其實是我。

後來，我對自己生母的認識除了一個陌生名字和她可能曾養過狗的臆想外，我還知道了她的模樣，確切來說是她過去的留影。那回在宜蘭與黃霖相別約半個月後，有天他打電話問我住在臺北何處，表示他手裡有一封過去在獄中收到的信要寄給我；也許他出獄後想找到我，便是想將此信轉交於我。黃霖寄來的信封內有一張我生母的相片，以及兩紙我生父的繼女去澎湖監獄探監之前從屏東寄至獄中給他的手寫信（上頭蓋有監獄的書信檢查章，信紙本身看似曾被揉成團而後撫平）：

黃先生您好，我是薛長運的繼女，下個月我打算到澎湖監獄見您，有些話我怕當面說不清楚，所以決定先用寫信的方式跟您說明。

我爸爸不久前病逝了，我們剛剛辦完他的喪禮。他在最後的日子跟我說了過去他對不起我媽媽，也對不起您的事，這些事他瞞了很久，不敢讓我們知道，臨終時也只告訴我一個人。

知道他曾經外遇，而且那個時間點我弟弟才出生沒幾年，一開始我真的無法接受，但知道時他已經不久於人世，也因為他一直是個好爸爸，對我跟對我弟弟都是，所以我沒有辦法真的去氣他怪他。我知道這些話您看了可能會不高興，因為您絕對有理由氣他，甚至恨他。我之所以要去見您，其實是他的意思，他覺得讓我把他去世的消息告訴您，或許能讓您放下一些怨氣，這應該算是他的遺願吧。

他上次去監獄見您，知道自己介入您的家庭所造成的後果，還有聽說他的女兒已經被送去美國的事情，他心裡一直很愧疚，他覺得特別虧欠他第一個兒子（也就是您的養子），他怪自己沒辦法給他一個家，還毀了他第二個家。知道這些事情也讓我產生罪惡感，除了要替他隱瞞我媽媽跟弟弟，現在只要我回想起以前家裡平凡的生活，我都會想到他當時在外面有兩個無辜的小孩，失去了家庭。我真心希望他們現在都過得安好。

我去監獄見您的時候會帶一樣東西過去，是一張我爸爸第一任老婆的照片，他要我去見您的時候把照片帶去，請您以後轉交給您的養子，他還說如果您不願意轉交，他也能夠理解。

張可芸　二〇一四年七月二十三日

黃霖來信所附的照片——即張可芸去監獄轉交給他的那一張——是我生母坐在西子灣沙灘上的獨照，背景是中山大學的紅色校舍，若非我那次高雄行曾去訪該校，恐怕無法立即認出這張照片的拍攝地點。相片中，她一頭長髮被海風吹得往肩後飛散，斜著頭對鏡頭開懷地笑，瞇成線的笑眼僅露出一絲眼神。我生父希望我收存這張照片，或許是盼我在他死後替他記著我生母的容貌，如今她的父母（即我不曾謀面的外祖父母）恐已不在人世，至於其他曾與她短暫人生有過交集的親屬與舊友，即便未完全將她遺忘，大概也少有人會時常惦念起一個於三十年前逝世的人，而我身為她唯一的孩子，自然應承繼起「記得她」這項使命。

「我從臺灣帶回媽媽的照片，你現在也拿到一張，我們都見到自己媽媽的樣子。」尹菲看了我生母的照片後，數度表示我們母子倆笑起來的樣子很是相像。我在電話上將張可芸寫給黃霖的信念給她聽，她聽後十分訝異我們生父竟還有個兒子，亦即張可芸在信中提及的弟弟。依信中所述，他應是我同父異母的弟弟、尹菲同父異母的另一個哥哥，我們三人的生母都非同一人。尹菲挺希望能瞧瞧我們生父的照片，猜想他年輕時應該長得很英俊，畢竟有三個女人為他動情並生下他的孩子。儘管無法確定張可芸信上所留的屏東地址是否為真，尹菲和我仍一度起念要寫封信給她，不過最終二人都覺得不妥，也就作罷。我們一致認為讓此段往事止於此信，便是最好。或許將來有一天，張可芸會將她所知的一切告訴她的弟弟——設若她迄未向他吐露的話——屆時他可能會透過某種方式找上我和尹菲，那便又是另一個故事了。

◆

當我剛從黃霖口中得知我的親生父母另有其人時，由於對他們幾乎一無所悉，我內心一度十分焦灼不寧，直到我確認他們真實存在、均已離世並前去高雄尋訪我們一家的故居之後，心裡才感到安定、踏實。當時那亟欲探知更多詳情、想更加瞭解自己親生父母的迫切心情，使我想到了簡爸與簡媽，他們的孩子已失蹤多年，至今了無蹤影、生死未卜，或許他們長年來心中都存有一大塊空白，懷著類此令人心慌的茫然感度日。我不曉得簡爸這些年來是否還在暗地裡尋子，他與簡媽極少和我提起那孩子的事，而我也不曾主動過問。他們夫妻倆年紀大了，已從寄養父母一職「退休」，不過他倆也沒就此閒下來，簡爸幾年前買了輛重機，經常騎車上山下海、跑遍全臺，而簡媽近來則是到家扶基金會當義工。上個月底（去年最後一個月），我三十歲生日時，他們一同到臺北來請我上餐館慶生，起先，我挺猶豫是否要將尹菲來臺尋親一事告訴他們，擔心他們聽聞此事不免傷懷；儘管已苦等這麼多年，但或許他們至今仍盼望有朝一日能接獲來自兒子的尋親信函或是電話。最後，我還是和他們講了我與尹菲重逢的經過，至於尹菲與我的真實身世等情則未與他們細說。他們定然察覺出我未於第一時間和他們說起此事的顧慮，但兩人都未顯露半點愁色，甚是為我高興，並要我日後有機會得讓他們見見我的妹妹。

上週我和苡融通了電話，她在自己上胸又摸到了不明腫塊，打算今年年中要提前從南非請調回臺工作，趁留臺之際再好好找個醫生檢查乳房腫瘤的問題。隨後，她提及那位已追求她數月的南非臺商龔先生——據說此人在當地僑界頗有聲望——前些日子拜託她幫忙加急換發一本新的臺灣護照，聲稱要返臺探視病父，結果她透過電腦系統一查，發現他竟是個在國內犯下金融詐欺案而外逃多年的通緝犯，「原來他接近我這麼久，就是要從我這騙一本新護照繼續逃。他的舊護照當場被我扣下來，之後一直求我還他，我就跟他說我要調回國了，可以陪他回臺投案。」臨了，她再度提起那個她近來一提再提的建議，她覺得我的舊名「子軒」比較好聽，勸我考慮把名字改回去。

後來，我又去了澎湖兩回，其中一回是去見宣婕。她也曾從澎湖搭機來臺北找我，或是與我約在臺中碰面。我們還未認真商量二人之中誰該遷就誰一事——是她搬來臺灣，還是我搬回澎湖——或許我們都覺得此事言之尚早，況且阻隔在臺、澎之間的那片海已不若我們十五歲那般不易橫渡。有時我仍會對於二人重續的情緣感到驚奇，能在這個年紀與自己年少時的初戀再次相戀，真是件無比奇異而美妙的事情，感覺彷彿逝去的青春期在我們身上重演一遍。與她相伴，在這樣一個了解你最私密深微的過往、還曾與你一同走過那段時日之人面前，我總感到特別真實，就好像是跟自己獨處。

我近一次返澎是數日前的事，黃霖與我一同上鳥嶼納骨塔祭拜母親，然後回到湖西老家，而這回很可能是我最後一次返家。這兩個多月來，黃霖除了為寄信給我而致電詢問我住址，並在我生日那天傳了封祝賀簡訊外，就未再與我聯絡，直到上週才又接到他的電話，他表示打算賣掉澎湖那棟房子，問我要不要同他回家一趟，看看家中有什麼東西想要帶走。起初我對賣房一事有些抗拒，但仔細一想，黃霖可能已決定與那位陳阿姨定居宜蘭，澎湖那屋子無人居住，留著也是空在那兒，而我心裡真正捨不下的也非屋子本身。那日與他一起返家，我在前門裡側看到了先前在宜蘭聽他提及的那張字條，上頭留了他的電話號碼，並留話表示他尋我是有事想與我說，指的應是那些他已告訴我的事情。當時在澎湖，我挺想問他昔日在獄中收到張可芸那封信、知道我生父的死訊，他心裡是何感受，但我發覺與他獨處時（上回見他有尹菲在旁），那些往事變得難以啟齒，終究沒問出口。相較之下，他就顯得沒那麼彆扭，那兩日他問了我不少在臺灣上大學和當兵的事，似乎上回在宜蘭見我時就憋著想問。我其實對母親的死仍有所介懷，不清楚自己還怪不怪他、該不該繼續怪他。日後或許我們還會在臺灣碰面，或許我會漸漸摸索出一種與他相處的適當方式，而屆時這些往事可能將變得較易於談起，或是不再那麼重要，畢竟那早已成過去。

當時在澎湖家中收拾之際，我盯著廚房一個空奶粉罐，想起了尹菲在宜蘭問黃霖的那個問題：母親是否後悔生下她。依黃霖所述，母親對他堅稱自己懷胎期間並不確定肚裡孩子的父親是誰，對此宣婕則有不同看法，她認為我母親應在懷孕之初即已知曉，並決意不顧一切生下尹菲，然而實情究竟為何現已不得而知。尹菲才是母親所生的第一個也是唯一的孩子，現在我知道了這一點，不禁揣度母親是否一直都希望能生個孩子，只因收養了我，早年才未與黃霖生子；他們當年若未收養我，夫妻倆也許早早生下他們的孩子，如今幾乎和我一般歲數。現在回想過去，我可以識出一些母親許是為隱瞞我養子身分而有的怪異行徑及別有深意的話語，而她在尹菲出生後還得向黃霖隱瞞其身世，那段日子她想必過得十分焦慮。我有許多、許多話很想當面對母親說，那是些我在家中浴室的浴缸旁、在她的墳墓及塔位前無法傾訴的言語，倘若可能，我真希望回到她生前好好說給她聽。

家裡多數東西都要丟棄或是隨屋留給未來屋主，其中帶得走的東西也無法全帶走，因而我只從澎湖帶回了一冊註有母親筆跡的琴譜，以及那本我同尹菲翻閱過的家庭相簿。我在相簿第一頁那張母親與大學同學的合照中認出了我的生母，她就站在母親身旁；原來我早就見過她的模樣，只是過去不曾留意此人。尹菲將相簿裡唯一一張有她的相片（母親的孕肚照）帶回了美國，我真該在她返美前好好為她拍一張補上。我在生母攝於西子灣那張照片背面寫上了她的名字「賴晴紛」，然後連同尹菲數月前寄自美國的尋親信及張可芸寄至獄中給黃霖的報喪信一併放入這本相簿之中。母親以前教我彈琴時曾說過一番話，她說有些旋律乍聽只是不成調的琴音，但只要任其縈繞於耳，久而久之它終會在每個人心中找到其獨有的韻味；也許有朝一日，我也會曉得如何看待近來所知曉的一切。

那日我們離家前，黃霖在院子裡焚燒從屋內清出來的舊書、廢紙等雜物，燃煙與灰燼在冬日傍晚的寒風中升騰、飛散，我坐在門階上遠遠看著他站在火堆旁的身影，想起了很久以前的一個時刻——我發現母親死於家中那一早，救護車還未趕到前，我就抱著不到一歲、靜得出奇的尹菲在此門階處等著，而我當時所等的其中一人便是眼前的黃霖。

彼時，我心中既無悲惘也無恨，單純只因憶起這童年末尾的吉光片羽而由衷感到一股暖意。

釀小說135　PG2961

菊島之約

作　　者　李家沂
責任編輯　劉芮瑜
圖文排版　許絜瑀
封面設計　張家碩

出版策劃　釀出版
製作發行　秀威資訊科技股份有限公司
114 台北市內湖區瑞光路76巷65號1樓
電話：+886-2-2796-3638　傳真：+886-2-2796-1377
服務信箱：service@showwe.com.tw
http://www.showwe.com.tw
郵政劃撥　19563868　戶名：秀威資訊科技股份有限公司
展售門市　國家書店【松江門市】
104 台北市中山區松江路209號1樓
電話：+886-2-2518-0207　傳真：+886-2-2518-0778
網路訂購　秀威網路書店：http://store.showwe.tw
國家網路書店：http://www.govbooks.com.tw
法律顧問　毛國樑　律師
總 經 銷　聯合發行股份有限公司
231新北市新店區寶橋路235巷6弄6號4F
電話：+886-2-2917-8022　傳真：+886-2-2915-6275

出版日期　2024年6月　BOD一版
定　　價　300元

國家圖書館出版品預行編目

菊島之約 / 李家沂著. -- 一版. -- 臺北市：
釀出版, 2024.06
面； 公分. -- (釀小說；135)
BOD版
ISBN 978-986-445-919-3 (平裝)

863.57 113001245